雨中向晚

現代散文6

詠棠 著

博客思出版社

序詩　林錦成

她不是智商高到測不出來，而是很天才的觀想
天橋下的過客，默讀街巷四周的風景書，因此
讓昨日今日的種種找到出口。 謹以此詩祝福
「天才萍」繼續春風舞蝶，挖掘生命中的精彩。

〈春風舞蝶〉

曾經一隻年輕的旱鴨
努力學習接近水波蕩漾
要習慣不怕水的洶湧
時不時善感的淚水
多到可以游泳
想渡橫空而來的困厄

一趟甚囂塵上的長路
總會遺失自己
不堪的回憶死了
又從好夢的縫隙滲透回來
「我完蛋了嗎？顯然沒有，
還下了幾個蛋呢。」
好與壞一直在互相攪拌稀釋著

這冬天冷冷多雨的城市
綿綿搓洗瞳眸中的濃愁
籠罩長年拂袖不去的瑣碎
瑣碎不就是修行　活得很累嗎？
仍不忘捕捉生命顛簸中的
幾絲喜樂

飛簷水滴秒動
聽著聽著心緒有花
跟著微微震顫
如葉一掌托起荷花

舉起這萍水相逢
夢想的浮萍也很天才的
在詩與散文的天地裡
春風舞蝶

目錄

角落詩蹤

微笑在烏來

角落詩蹤

雨中向晚 151

角落詩蹤

熱帶魚

住在腦袋瓜

我崇拜蔚藍海域，雖然它在地圖渺小，卻貫穿整個人間。

熱帶魚住在腦袋瓜

我走進水族館去買魚，空氣裡流動著一層鹹澀的海洋氣息。當我困惑海洋與台北的距離時，看見了一缸又一缸展示的小丑魚：「這裡有海水魚啊？」我驚嘆著。都市裡室內的觀賞魚，我總覺得室內就該養淡水魚。

原來真有人會在客廳裡豢養海水魚。

「海水魚養不起來啊！」小時候母親曾在大海的礁岩間，展現徒手捉魚的好功夫：「這些魚在大海裡可以快樂平安地長大，要是帶回家，沒有鹹水環境就會死去，多可憐。」那一年母親捉到的熱帶魚放在透明塑膠袋中，牠的身軀害羞躲藏，一種怕生的姿態。如果放回大海，可以無邊無界的穿越，更能長壽。

回歸家園，四通八達的寬廣能引領牠們走向全世界。雖然，魚兒並不懂得旅遊，還是決定回家前，將魚兒放生大海。成年後，看了一部卡通，海底生態幾乎全動員了，為了拯救一尾小丑魚，故事看下去就是停不了的情緒，開始有了大海裡存在友情的妄想。小丑魚不像熱帶魚那樣繽紛，卻仍搖擺著藝術圖騰，那一條條斑紋似的線條，在透明海水中晃啊晃的。對了，母親捉魚的那個童年向晚，魚兒在塑膠袋裡的模樣，鮮豔的，課本上看過，是熱帶魚的一種。記憶，從此定格了，那是一個塑膠袋，裡面裝著海水和魚，我還記得自己當時困惑了好久……塑膠袋裡的海水是水龍頭打開來的顏色，可是，海水不是蔚藍的嗎？我看了看腳下的海以及遠方的浪潮，很確定是藍色的，把袋子的水倒掉，魚也跟著游走了。

我記得自己哭了，母親因此又撈了一些水，準備捉魚。在我眼前，沒錯，很仔細的看了，海水盛裝在塑膠袋內，是白開水的色澤。

為什麼呢？小小的我很困惑，大海，不是藍色的嗎？有著天空般蔚藍的美。

腳下的海水是淺色的藍，太陽光灑下，像上了一層蠟。而遠方，是深藍色，閃動著光澤。

那個午後魚兒悠游的好自在，踩在水中的足踝，可以感受到魚兒搖擺帶來的洋流。淡藍色的水流，剛好模糊魚的蹤影，無法捉魚，只好拿穩裝著海水和熱帶魚的那只塑膠袋，安慰心靈，一直待到夕陽隱入海中央。

我喜歡畫魚的身軀；模擬蔚藍海水，彷彿用畫筆在強調水中的世界。而這片海域總霸占著我的情緒與意識，醞釀我夢境裡的許多劇情。一個夜晚過後，我的夢也跟著醒來，張開眼睛不記得方才經歷的人事物，只是，神秘與浩瀚，在清楚的腦袋瓜，熱帶魚依然代代相傳，生存於真實的汪洋中。

我崇拜蔚藍海域，雖然它在地圖渺小，卻貫穿整個人間。

舀起一瓢海水，在靜止的某些時刻，童年畫面的困惑便出現了，像來來去去的潮汐一樣，將幸福推來，又倉促送走了。

走在始終陰霾的天空下，二二八的和平紀念碑
仍發著金屬的光澤，一兩個走路的人，不疾不
徐地從身邊經過，預兆了一個平淡無奇的日子。

古往今來書局街

順著書局街往二二八和平公園走，那是一座隱身在都市內的綠茵公園，多年前每次與姊姊來書局街看書，總在這石板色的橋上賞魚呢！午後的陽光篩過葉片，灑下大地，溫暖的照耀而來，造景的不規則岩石堅硬耐用；錦鯉的身軀擺動快樂；倒映湖面所有的影子感覺溫馨，老伯伯下一盤象棋，專注思索下一個步伐的側影，這一切就是十多年前的印象，是不是也是我封存的記憶？我緩緩逆風穿梭，心事重重的消磨了整個下午。走在始終陰霾的天空下，二二八的和平紀念碑仍發著金屬的光澤，一兩個走路的人，不疾不徐地從身邊經過，預兆了一個平淡無奇的日子。

然而，多年前的民族內亂可不像今日向晚的寧靜，臨著台大醫院，這裡曾經是歷史血淚的一種見證與懷念，據說也是楊喚流連忘返之處，他曾在此陶冶創作童詩的靈感性情。寫童詩寫出家鄉情懷，從失意落魄到舉世聞名，他的一生也算是夠精彩的吧！

中學時候聽老師談起這個英年早逝的近代詩人，總好奇著不知是什麼樣的人物呢。課堂上背誦他的「夏夜」，一輪輪滾動著的，彷彿是戰火中的夕陽，倒有幾分光陰的從容，夾帶純真年代的懵懂。據說因為繼母的欺壓與虐待，年少便失去愛，經歷戰火紛亂與離鄉背景，他卻仍用文字，給了兒童很多愛與希望。即使才氣漸漸倍受肯定，詩人的身分卻很難為他帶來財富，有一餐沒一餐的經濟壓力，讓他連買書的錢都匱乏。於是，餐風露宿在當時名為「新公園」的二二八和平公園內。那隔一條馬路的書局街，則是他補充知識的快樂天堂，從中啟發創作的智慧與力量。我聽聞他的上進、謙卑。當他來到一處落腳之地生根，才華馬上深受房東老奶奶喜愛，打算將孫女許配給他，讓他在異鄉也能有個溫暖的家，很有一點慧眼識英雄的意思。

只是楊喚沒有同意這門婚事。這小小的故事，真假無須探究，此人童年失愛，卻仍相信愛與夢想可以存在，在亂世中，能成為一代詩人，相當了不起了。

這一排平房矮磚瓦建築，現已高樓林立，繁華熱鬧，上班族、學生與旅客絡繹不絕，隆冬的微雨從前方斜斜灑來，在街與街的道路上洗滌，書局街店內燈火瑩瑩，書架前方或角落的閱讀者姿態優美，細長的走道，會不會曾經是楊喚醞釀靈感的地方，如果生在那個時候，我有沒有機會陪他一起創作？面對著車水馬龍的路口，書局街的知識，飄起了文氣香，一旁的小攤烘熱出車輪餅的味道。

車輪餅，童年稱為紅豆餅，只有紅豆與奶油兩種口味，當年很愛吃，還記得小時候一個五元，我常常拿著銅板買一大袋回家。傍晚的風與溫度，就像今日的街頭一樣，只是，歲月堆疊了經濟價值，也疊出更多味道。招牌上寫著：四個五十元。

我買下了兩大包，一副難民樣子，看得旁邊一個西裝鼻挺的中年男子訝異微笑。書局街的味道伴著車輪餅的烘焙香，而灰濛濛的天空下，幾朵烏雲，高高浮懸在天空，也倒映在眼中，雨，下得更大了。

二二八公園內的橋上，曾留有我和姊姊年輕時的足跡。

光陰荏苒，匆匆如夢，願我的姊姊在人間裡長眠，卻在天堂裡甦醒。

麵裡住著一頭牛

✵ 之一、暖暖的，好陌生

立春後，選擇了冷氣團來報到的日子，執意再一次造訪，重溫一下十八歲時走過的道路，明白自己記得多少往事。

多少雲煙往事已踏著風雨紛飛而去？

「妳已經吃飽了？真的不必點一份餐給妳嗎？不必跟我客氣喔！」我對同行的姪女說。

結果，她真的不願意點餐，表示腸胃已經飽足得裝不下任何東西，但她願意陪伴我吃麵，安靜的等待。我發現能成為同伴的人，不管在什麼樣的需求中，一起對話，一起發呆，一起沉睡，絕對都擁有些性格上相同的基因與元素。

若干年不曾接觸了，對我而言，是與面前的牛肉麵久別重逢，但是，對於商家的服務與味道，卻讓我有了初來乍到的錯覺。

湯頭有別於印象，除了鹹還是鹹，只是湯頭的濃郁以及鮮甜，讓人感覺裡面彷彿住著一頭牛。

那時已是正午時分，冷氣團來報到的第二天，用餐客人桌上瓷碗漂浮滾燙白煙，店內座無虛席，我忍不住舀起一口熱湯，嗯，熱情洋溢的牛肉湯啊。我喝下幾口，身體髮膚因熱度出現一滴滴汗水。「汗滴禾下土」李紳汗水從身上落在土壤中，而不是座位上，更不是湯麵旁，但他是否也像我一樣，有點小小的幸福和滿足，生活在健康平凡的安定年歲中？

許多客人穿上一身的厚重外套大衣，前夜一場大雨，涼空氣圍繞這整座城市，放晴後天空依舊灰色黯淡，乾涸宛如是雨水撤退後的淒冷色澤。是湯麵前世的回憶吧，那些緩緩飄升的白霧水蒸氣，形成雲靄，再墜入紅塵之中。

麵館裡，內用的客人，有揹書包的學生；有拿公文資料袋的上班族；有滑著手機的悠閒男子；有共吃一碗麵的年輕愛侶，啜飲一口口溫暖高湯，趕跑寒冷的空氣，也有像我們這種久久前來一次的消費者，在其中穿梭，安靜，吃麵或喝湯，將牛肉湯麵熱度，瀰漫整個店內，享受活著食指大動的幸福。

我喝著過去，喝著現在，也喝著未來的味道。

＊之二、麥克風不見了

書局街上除了書，我們知道的還有速食店及牛肉麵店。那年飢寒交迫，每天都過著追著錢跑的日子。我的姐姐介紹我認識這家平價中的牛肉連鎖店，我們吃的麵都是便宜的單點湯麵，沒有牛肉的那一種，有時候兩個人共吃一碗麵呢！姪女一生豐衣足食，對於這樣的畫面不會有多大感覺。而我吃著回憶裡的牛肉麵條，香潤滑落喉嚨裡，餘味無窮。我對姪女說起當年事，「點餐區有支麥克風，開好發票的瞬間，店員會透過麥克風，讓聲音抵達廚房，好烹調出顧客要的美食。」如今，麥克風消失了，當然，因為是連鎖店，所以我不知道其他的是否也已然淘汰，只是點餐過程有些小小不同，曾經點餐後撕下的小紙條，擺放在餐桌上讓上菜的人員辨識，消失不見，牛肉麵也不再有湯麵任君享用了，感覺上就像是招牌上的圖騰被取下一樣的改變，菜單全部都換上有肉的麵食，無法選擇不加肉塊的湯麵了。

我懷念當年沒肉塊的一碗麵，彷彿隨著時間一樣，陪著這家店的盛世，走入歷史了。

我行經那條商店街，兩邊櫥窗目不暇給的展示著，雖然書局依然矗立著，人潮卻不如記憶裡，多到可以流動像條河。也許沒到放學或假日吧，我安慰自己。是不是因為見證了太多離合，一塵不染的店內靜似落寞，彷彿等待成了一種習慣，等待識貨的知己蒞臨，從天涯而來，只是，匆匆瞥過一景一物的我們並不知道。

很多年前我就是在這家連鎖店內，快樂的吃著麵，一邊聆聽著音樂，一邊和姊姊聊著天，城市多變的氣候總是，讓我幸福的咀嚼一碗碗，日落或者雨季。店內的煙霧裊裊，湯汁濃厚香醇，吸開燈光下的沸騰空氣，滿滿的吸入肺葉裡。當我在夢裡重遊舊地，高湯的味道與熱度是那樣真實，尤其是分著吃一碗麵的時候，沒有肉塊的湯麵平淡無奇，但我很高興，還是覺得飽足了，充分表現出容易滿足的精神。

只是姊姊不久後就生病了，書局街與牛肉麵店，忽然中斷了拜訪之旅，接下來的生活重心，我只好把一部分的回憶放入日記裡，從同學到朋友，都不解我的心態，哪有人把日記當日子在過的，不是沒人追就是太無趣了，我頓時成了有口難言強顏歡笑的樂觀英雄。

當年到處林立的連鎖店，在歲月的恆河裡被不景氣漸漸淹沒，只剩屹立不搖的幾家店碩果僅存的繼續呼吸。我不知道是不是剩下的店都一樣，只是眼前的變化與不同，讓我的稀嘘油然而生，當然我也知道，這不是年少裡的時光，我的姐姐已經過世十七年了，現在是二〇一五年。

光陰荏苒，匆匆如夢，願我的姊姊在人間裡長眠，卻在天堂裡甦醒。

我確信我是個走在生命的旅人，所以當我飢餓時，只想起那碗麵，只會想起那碗用回憶熬煮高湯的麵。

只有一碗麵，牛肉麵，添加了記憶裡顯少的肉塊。也許，真的住了一頭牛，所以我才會如此飽足，腸胃飽了，精神飽了，而放晴的天空，卻在我和姪女走出這家店的時刻，飄起了小雨。

步出捷運站的台北街頭，人們踏出想要的節奏，快或慢，都是雨中美景。

在男女性別上，固然無法保證哪一方沒有遺憾，至少，是否可以做到公平，完美的兩性平等。

是男孩還是女孩

「孩子你是我的寶，男孩女孩一樣好……」此時我坐在電腦前面閱讀，看見科技帶來的方便，曾幾何時，這種方便檢查胎兒是否健康的超音波，演變為許多夫妻犧牲胎兒的藉口，為的是誕生只受歡迎的男嬰。年輕夫妻想知道，肚子裡胎兒是男是女，是否健康？他們更想知道的是，腹中胎兒，生命到底需不需要被終止？前一陣子的新聞，描寫了某國家因為胎兒性別問題，許多貨真價實的生命，未見陽光，立即消失，在那瞬間，那瞬被診斷出為女嬰的瞬間。不久之後，耳熟能詳許多的文明國家，居然也榜上有名。這也突顯重男輕女並非是重視傳宗接代的單一個案，胎兒性別選擇已經是國際化現象。

對於傳宗接代，生男娃彷彿是無比重要的事。產檢的時候非要醫師將性別查個清楚，當胎兒性別不符合自己期望便選擇放棄胎兒。我只是感覺困惑，對於同樣是自己親骨肉，男孩女孩有什麼差別呢？孕婦存在的壓力，都是深怕自己肚皮不爭氣，然而，當她們真能心想事成地生出男嬰，是否也懂得用什麼方法教育孩子？

幾年前的農曆春節前夕，阿姨的柬埔寨媳婦一聲不響帶著兩個女兒搭機回國，一去不回。阿姨有一個智能障礙的兒子，那一年為了傳宗接代，花了數十萬娶回一個柬埔寨新娘。阿姨雖然重男輕女，因年輕連生女兒遭遇過挫折，很能體會生不出兒子的種種委屈，所以沒有給媳婦壓力。當媳婦陸續生下兩個女嬰，失落的阿姨讓希望捲土重來，重新把期待寄託在下一次，等待註生娘娘賜予男孫的那一天。

阿姨對待媳婦總是和顏悅色，完全沒有架子，儼然就是一位慈母，對於媳婦娘家也是大方給予金錢援助。在外人眼中，媳婦已經在她心中取代女兒位置，簡直比女兒更重要。「因為媳婦生的孩子是內孫，是拜自己家的祖先；孫女雖然是女孩，但是尚未嫁出，就仍是自己家的人。」相當保守的阿姨繼續說：「早已嫁出的女兒就不同了，如同一桶潑出去收不回的水，女兒嫁出，就是別人家的了。」母親很想將阿姨這種冥頑不靈的想法連根拔起，卻又無能為力，然而很可惜，這種全心全意終究輸給金錢的誘惑，媳婦帶走幼小女童遠渡重洋，以孩子為貨品，獅子大開口地向阿姨索討金錢。她擬定幾項條約，要錢，要土地，要房子，女兒的價值在此時只是她手中的籌碼，是取得一切的重要依據。

曾經我以為，阿姨會放棄那兩個孫「女」，母親後來告訴我，阿姨對於內孫這個名詞很執著，雖然是孫女，尚未出嫁就是拜自己家的祖先牌位。阿姨因為長期百般疼愛，感情已經深入心靈，無法割捨了，她找律師、找翻譯，用盡一切方法與力量去爭取親生孫女，只是，骨肉還是分離了。

同樣是親骨肉，我還看一位母親讓人的憤怒無處宣洩卻也無可奈何。那母親育有一男一女，女兒是老大。有一次放學回家，不懂事的弟弟趁姐姐不注意，將全數寫完的回家功課一一從書包裡拿出來亂塗鴉，那是隔天就要繳交的作業啊！姐姐於是發起脾氣，雖然生氣倒也沒有動手，只是罵哭了弟弟，母親一語不發走過來，毫無預警賞了那小姐姐一巴掌。

我站在一旁看著，怵目驚心中還帶點憤怒，卻也不免擔憂的想著，這母親用這種溺愛方法日復一日的教育自己兒子，究竟，是一種幫助，還是一種傷害？

曾有一位遭受異樣眼光到處被冷嘲熱諷的美人，只因他男扮女裝的行為不被認同，因而被排擠、唾棄。他說他在長輩期盼下以男孩身分來到世上，可是這不是他想要，他說他喜歡穿高跟鞋，短裙搭配絲襪，濃妝豔抹走在人生道路上，可是，這身打扮卻也讓他狠狠跌了一跤，只因，他不是女人，奇裝異服讓他成為大家茶餘飯後對他的批評與恥笑，他努力了很久，到底敵不過人言可畏。當他在感慨自己身為男兒身，恢復正常打扮時，是否也象徵他將放棄一切，關於女人美麗與優雅的浪漫想像。

在男女性別上，固然無法保證哪一方沒有遺憾，至少，是否可以做到公平，完美的兩性平等。

每次出門，我一定把自己打扮得光鮮亮麗，突顯自己身為女人的幸福，偶爾路人會投來熱情的眼光，對我讚美：「小姐，妳好漂亮喔！」我說句謝謝，以微笑回應他，身為女人，呵！真是一件快樂美好的事。

我相信大多數的人都知道酒駕的危險，可是卻都明知故犯，將自己推向萬惡深淵；酒，魅力指數有多大呢？真的讓人即使置身萬劫不復也無所謂？

酒是穿腸毒藥啊

楓葉漸漸映紅大地的深秋清晨，我在半夢半醒間溫柔的轉身擁抱棉被，繼續神遊在夢中的霧色。精靈的翅膀在陽光穿透薄霧下燦亮亮地發著光，沿路上兩排櫻花開得滿枝。我的夢還沒醒，電話鈴聲將我拉回現實生活，大約四點半，母親打來了電話，隔著電話線，聲音顫抖，描述父親的突發狀況，我的父親不愛工作，喜歡酗酒，向來有酒仙的稱號。

說酒仙是一種尊稱，很年輕的時候，我的朋友同事中，還有人直接稱他為酒鬼。父親幾年前中風後，按時追蹤病情並且聽從醫師指示服藥，一切控制得還不錯，除了步伐比較緩慢，身體還算硬朗，平白無故，為什麼忽然送了急診？我的背脊發涼，直冷到指尖。去醫院探望父親的時候，他陷入昏迷，醫師明白的解釋著檢查報告，說他肝臟長了十公分以上的腫瘤，相當不樂觀。造成這種結果的，多半與長期酗酒有關，醫師問問我與母親：「他有喝酒習慣嗎？」我與母親點點頭，相當沮喪。我覺得自己像是羽毛未豐盈便急欲展翅飛翔的鳥，總擔憂會墜落，只是終於墜落的，是我的父親。

我真的好想問：酒到底多好喝？這就是會讓人冒生命危險的穿腸毒藥啊。

當我仍在校園求學的時候，從國小一路開始，背誦唐詩是必經階段，不論早晨或下午的國文課，讀到唐詩便會認識詩人的生活背景，聽說詩人都愛喝酒，喝完酒便能隨興寫下一首詩。李白便是在這種情況下，寫下一首首名留千古的好詩，造福了後代子孫，包括我，為了背誦好那些詩文，常常睡眠不足地熬夜著，不必偽裝也能扮演好貓熊角色。

聽說李白是因為撈月而落了水，背後的推手是酒，因為喝酒喝得醉茫茫，乘坐舟船上，瞥見那方倒映水面的明月，才會異想天開想撈起。詩人從此寫入歷史，帶著他一生的傳奇。這些故事其實很浪漫，那個年代，沒有必須加滿汽油可以當交通工具的車輛，自然沒有酒駕問題，沒有酒駕，就不會連累到無辜的人。在酒駕取締還不盛行的年代，我周遭就有酒後三巡仍想開車的朋友，來得及，我會阻止他，然而多半是來不及。曾有一個朋友，因為這樣而重傷住院，據說他是撞到行道樹而受傷，我暗自慶幸，還好，不是撞到人。

這幾天有一則頭條新聞，那一位台大女醫師，遭遇酒駕行駛莫名其妙被撞飛，起初呈現腦死狀態，急救她的，是她的老師；我在網路上閱讀到她的老師說：「孩子，我盡力了。」我讀著讀著，心，擴大了疼痛，眼淚開始優雅地流淌，知道女醫師遇到難關了。我覺得很惆悵。然後，過了幾天，她家人放棄急救，器捐遺愛人間，她終究沒能平安度過這個劫難，倒是再次喚醒酒駕問題，遺憾的是，為什麼總是得付出寶貴人命才能換來一次覺醒，這代價，不覺得太慘烈了嗎？

這是一個燈紅酒綠交通發達的時代，政府溫婉地勸阻酒駕，駕駛人依舊我行我素，因為法令太過於不痛不癢了，撞死女醫師的肇事嫌犯，以三萬元交保，不會吧！三萬元？我冷靜看著螢幕內的新聞，忽然從心底感到悲哀。

我相信大多數的人都知道酒駕的危險，可是卻都明知故犯，將自己推向萬惡深淵；酒，魅力指數有多大呢？真的讓人即使置身萬劫不復也無所謂？

在所不惜？

女醫師活著的時候，放棄名利雙收的前途，將自己奉獻在照顧弱勢病人身上，這樣的好醫師，實在不多了。她生命或許短暫，但是她的善良與精神，也讓自己寫入偉大的一頁。媒體大幅度報導她生前的事蹟，透過記者轉述，可以近一步知道她、認識她，卻也是向她說再會、面臨死別的一天。這就是酒駕帶來的悲劇，太多的傷害；太多的痛心疾首，為什麼還是有人想要酒駕呢？

前些日子去眼科回診，聊到眼睛疲勞，我說我打字打得吃力了，眼科醫師問我：「妳是部落格格主嗎？」我停頓兩秒，搖頭，不是，我是打字寫文章和新詩，眼科醫師眼睛一亮：「文章發表在哪裡，有空去拜讀，散文、新詩耶，等級好高喔。」

我愣住，笑了出來，我等級不高，只是一個熱愛文學的女孩。我喜歡用文字紀錄生活點點滴滴；用詩寫下歲月無聲的容顏；在沒有喝酒的狀況下。

當夏天的艷陽向我舉兵進攻而來，汗水是永不停歇的生活模式，我要用一支筆，寫下動人的心情；寫下一首首好詩。

不需要喝酒，我，一樣可以寫出好文章。

我對繁華都市的柏油路有很深的感情，從我出生，它便存在了，比起短暫脆弱的生命，它顯得長長久久可以無限延伸的存在。

道路，無限延伸

我走在細雨紛飛的人行道，初秋的夜晚涼爽不寒冷，很舒服的氣溫。車子來來往往奔馳在濕漉漉的柏油路面上，車燈路燈熱情的映照，它便像水面一樣的反光。我喜歡夜晚，喜歡月亮高掛天空的靜謐；喜歡雨水沖刷過後，因為路燈而瑩瑩發亮的柏油路，當車潮熱情穿梭，它便像一條色彩繽紛的河流。這是沒有月亮九月有雨的板橋街頭。

板橋街道在雨中湧起一層薄霧，是不是因為繁華，因為熱鬧，即使時光已經走入深深的夜央，招牌還是五光十色在黑夜裡醒著？便利商店的密集，彷彿說著永不停歇的消費動機。

同樣是雨夜，我曾經站在一方玻璃帷幕前，透過爬滿雨珠子的玻璃往外一眼望去，只換得嘆息。

二十歲時為了排練舞台劇，我的好朋友小鄧安排我與她外宿，同住一個房間，那是佛堂大型的一個活動。我總認為多參與這種活動可以功德無量，畢竟是佛堂啊。我於是興高采烈的答應演出，我們為了演出嫦娥奔月努力不懈摩拳擦掌著。那晚雨勢滂沱，練累了遇空檔休息時間，我倚在窗前休息，那層樓很高，適合眺望。我的姐姐當時已經病危了，居高臨下的感覺讓我想像自己彷彿化身可行千里的一朵雲，所到之處皆留下我的淚水，雨水沖刷過的路面，因此始終未能乾去。我倚在這繁華城市之窗眺望這光彩奪目的夜景；無止盡的眺望，嘆息成漫長的雨夜。我壓抑了情緒完成任務，當活動結束之後，是否真的有功德，如果有，是否可以迴向給後來抵達天堂的她呢？

這問題沒有人能回答，只能在每年慎終追遠的清明節，以安慰自己心靈的方式，為她摺朵不必行走，只要乘坐即可飛翔至目的地的紙蓮花，生怕她步伐不穩一個不小心，魂魄跌傷在行走的道路上。擔憂的感覺就像是被不鍾愛的男人戀上。

曾經有個喜歡我的男人，我們之間保持著一種美好的關係距離，連指尖都不曾碰觸過。第一片楓葉緩緩飛墜的秋天，他請我搭上他的車，在雨夜中奔馳，他看著我生活忙碌的腳步，急著為我找一片世外桃源，我坐在他身旁，看著車窗左右搖擺，短暫刷清前方視線的雨刷。雖然只有短暫時光，世界卻如此清晰，銀白色的路燈立在雨中柏油路，濃濃的夜霧蔓延到公路旁的海洋。他找一

處停車，坐在車內，他拿了一串鑰匙放在我掌心：「我買了房子，希望妳當我的公主，與我一起快樂生活。」我攤開的手掌，小心翼翼捧著那串鑰匙。鑰匙不特別，卻是五臟俱全，從大門到客廳到房間，能否開啟的關鍵都在那串小小鑰匙。然而，從今以後是否真能開啟我的心？

既然都用這種方式表白了，應該要來一場戀愛，那男人就像柏油路，總在前方等我，卻少了路燈的明亮浪漫，偏偏我與生俱來的，就是渴望浪漫。我沒有回答，迅速將鑰匙放回他手中，以動作說明一切。在彼此沉寂的幾秒鐘，我看見男人俊俏的臉龐，變化出失落哀傷的表情。

我覺得道路力大無窮，它在不同歲月烙印各種留不住的影子，支撐世上一切萬物。當我身邊的人一一離去，唯有那道路，只要地球不滅亡，它便在身旁。我對繁華都市的柏油路有很深的感情，從我出生，它便存在了，比起短暫脆弱的生命，它顯得長長久久可以無限延伸的存在。當我邁出步伐，能夠陪伴我直到天涯海角。

我想像在這裡誕生、成長的農夫，那些熟悉每一回日出而作，日落而息的樸實人家，想著他們的汗水如何洗滌過落在地上的芒果；想著他們的歌聲如何低吟流竄著枝葉的擺盪；想著，他們是否曾在芒果樹下談情說愛，說起兩小無猜的純純歲月。

芒果樹下的華麗

從老梅到玉井，這兩個南轅北轍的地理坐標，我們選擇翻山越嶺，按部就班的走一般道路前進。高山的視野寬敞舒適，規劃小徑和道路，相當適宜夜遊與露營。我的車窗有野炊的人，已經搭好的帳篷外，看起來也有準備夜遊的年輕人。窗景是一時的，我只是在不斷游移的景色裡，悠然睡去。凌晨的曙光乍現，我也漸漸轉醒，伸著懶腰問：「有沒有被我錯過的靈異現象？」

「錯過的可多了。」朋友微微笑著：「妳睡著的時候，有個不懂化妝的女人，珠光寶氣的出現，我還以為嫦娥準備奔月去了，一身月色般金碧輝煌，好新鮮。」

我睨了她一眼，最好是真的呢？但我並不覺得遺憾，因為我不會錯過玉井。

抵達玉井，第一件重要待辦重要事項，就是尋找早餐店，將隨身攜帶卻無法滿足的腸胃飽餐一頓。在老梅的時候，好吃的商家早早就打烊，已經讓我追隨飢餓三十的精神去了。

我們用餐在清晨的市集之中，充滿人情味的傳統風情，狹窄的巷弄裡，清澈的水族箱裡，樂活著精力旺盛的蝦兵蟹將，魚兒斜斜的游過來，水族箱像五族融合一樣的熱鬧。我們歇腳的饅頭店原來大有來頭，渾重厚實的手工，就是爺爺在一九三〇年代流浪於此，當起學徒打工習得的技術。我仔細品嘗，甜、鹹饅頭是店裡的招牌，究竟是什麼啟發了爺爺的動機呢？是往來客人嘴角掛著，此起彼落的問候嗎？是爐火上沸騰出薄皮的豆漿嗎？是翻滾在油鍋裡，如琥珀色澤還載浮載沉油條的油條酥嗎？

那個晨光，我們就在早餐店靠窗的位置上用膳，「上菜囉」，服務員敏捷的把餐點一一放在大家面前。啊，這是你的，這是我的，送餐人員全搞錯了嘛，朋友將物歸原主的使命交待給我，想測試我手腦並用的協調性有多高？高麗菜小籠包，小籠包來了，服務員端來了一只蒸籠前來，木藤封儲了小籠包的香氣，上桌瞬間餘煙撲鼻而來，我就忍不住的微笑了。用麵粉桿出的薄皮，包覆調味好的豬絞肉，混搭著薑母的汁液，潤喉的醺辣激起香醇口感。忽然，覺得來到了阿姨家，記憶的碎片總會因飢餓而拼出一桌菜嗎？早餐店的天空暗下來了，烏雲密布忽然有了傍晚的感覺，

從窗裡向外看，灰黑色的雲端耐心的點綴著閃電。

就是這樣一籠包子，一串笑語聲，一扇窗與打雷天空，啟動了爺爺興趣吧？那麼，這短暫雨過後，又會出現什麼樣的奇觀呢？我看著街角粉白牆上吊掛新鮮的花草，雨後初晴陽光蕭蕭灑落，期望下一秒，花草便能像上了蠟一樣的光亮。

玉井綠意盎然，太陽太大的時候就在樹下站著，等風吹過，遍體清涼。因為道路兩旁佈滿著墜落的芒果，使我發現整條路上栽種的原來都是芒果樹。芒果已經生成了，還沒熟黃，綠得緊，小巧可愛。

我想像在這裡誕生、成長的農夫，那些熟悉每一回日出而作，日落而息的樸實人家，想著他們的汗水如何洗滌過落在地上的芒果；想著他們的歌聲如何低吟流竄著枝葉的擺盪；想著，他們是否曾在芒果樹下談情說愛，說起兩小無猜的純純歲月。

一陣叫賣聲把我拉回現實：「芒果乾，一包二十元，吃吃看喔。」我向路邊小攤販買下一包，輕快的走過芒果樹。當青梅竹馬的故事只能像唐詩宋詞般一樣地沉澱為歷史，芒果樹篩漏的陽光會不會多一些寂寥？會不會有一些落寞？

剛好是群鴉在麥田裡熱鬧的季節，在一個陽光漾漾燦燦晃過的午後，畫家用繪圖的雙手，結束短暫的一生。

屬於我的生命之歌

❅ 之一、星星的夢

晴朗的天空都有星星，有時候是繁星點點，有時候是稀疏三兩顆。我的窗外也不例外，燦亮的月夜裡，一定會有星星陪伴。那扇窗是自己的美術創作，只要繪出了月光，星星便是不容錯過的角色，我也會幫星星設計表情，例如笑臉，「想像」是一件美好的事，當我低下頭凝視畫裡的窗外，嘴角勾勒上揚角度的星星，彷彿也用凝視的表情，歡喜的望著我。很多時候我都會幫它畫上笑臉，只要沒有受潮，沒有遺失，都會被我高高的掛在牆上，散發著濃濃藝術風。

我真的那麼喜歡星星嗎？或許是因為，這是我真正可以控制美好夢幻的一種思考力。

小時候，我沒有自己的新洋裝，曾經穿姐姐穿不下的，後來又穿著親戚鄰居不要的；我很少真正開懷大笑，因為不只衣物，連故事書和洋娃娃也一樣，不是撿拾內頁藕斷絲連的故事書，便是殘破不堪的布娃娃，只有圖畫，因自己繪出而成為一種新物件。我可以左右它的輪廓，專屬地，成為它的主人，理所當然。

不需要回收別人的二手物，只要自己親手彩繪即可。

我會把表情送給它，它便像注入靈魂似的有了生命力。我沒有什麼玩具，高年級開始了水彩印象畫，延伸一些背景內容，但我不喜歡其他主題，還是星空圖好，有了故事也就有了劇情，沒有玩具依然可以快快樂樂陪我度過一些時光。

進入成年之後，我由創作者小降一級為欣賞者。可能是某個層面的心靈之旅被開啟，藉由不同世紀，不同種族的寫實畫法領悟歷史，我不再繪畫了。而那些星空圖也黯淡了，我讓它們退場，告別了童年生涯。

❋ 之二、同心圓

有人說，從小喜歡星星，代表淺意識的人格夢幻而浪漫。成為大人之後，接觸到的形象與物體比星星更美更浪漫，就不一定繼續戀著星星了。那麼，像我這種長大之後沒有接觸到更多美麗事物與浪漫的女人，是不是應該要繼續活在星光下，做夢？

我就這樣度過了小學畢業、國中畢業、高中畢業，參加友校同學畢業展會看見某幅高掛的水彩畫，前方站滿了觀眾，對一幅月夜籠罩的城市驚嘆：「好漂亮啊，萬籟俱寂了。」我也很心動，站在不遠不近的地方，安靜的欣賞。直到十多年前，約是一九九七年春天，奧塞美術館來台展出，票根正反面各印著一幅畫，分別是保羅・高更〈1848—1903〉的「大溪地女人」又名「海灘上」，以及文生・梵谷〈1853—1890〉的「義大利女人」，兩幅皆是明亮的印象派。梵谷畫，那充滿力量的線條畫法，有秩序的描繪輪廓，面露黃土地色皮膚似笑非笑的表情，是一種並不富有時代的象徵嗎？女人的衣服有民族特色，雙手交握放在膝上，正經地端坐著，這是我初次與梵谷的畫作照面。

像是著了魔似的，我魂縈夢牽戀上那種線條，於是，在職進修的時候，課堂上央求老師分享，e-mail而來，梵谷之歌與生平畫作影像，以及一張「隆河上的星夜」作品資料。這個美麗的星空是以線條的方式擴大範圍，有些水面映出星星與燈火，有些水面漾著星星與燈火。當它映出星星，感覺好神祕；當它漾著燈火，感覺有朝氣。我仔細端詳這些一顆顆的星星，清楚明白，它們絕對不同於我小時候所繪、所觀望窗外的那些星星。我並沒有模仿彩繪的衝動，就算勉強勾勒出一點味道，也不屬於我的世界，它只適合存在於上個世紀，梵谷的天空。

許多人也感受到這種空間的抽離，「隆河上的星夜」已是世界名畫，只有少數莘莘學子會去臨摹同心圓的畫法，多數學生都只是欣賞：「好繽紛的星星喔！好壯闊的星星。」隆河上的星夜依舊是散發著萬籟俱寂的輪廓，帶幾許蒼涼與寂寞。

它沒有熱鬧的夜景，沒有活潑生動的城市，也沒有太陽那樣嚇人的溫暖熱度，它只有一對夫妻或情侶攜手般的牽引入夢的靜謐，夜闌人靜的樣子。「本來就是黑夜，當然安靜啦。」它用蕭索討人喜愛。

什麼時候會有誰認識同心圓線條，愛上線條，彷彿是注定好的，避不開也逃不了。黃金印象奧塞美術館來台展出，許多人初次見到線條，評語是：「這些的一直線斷斷續續。」是的，它們斷斷續續，然而斷續間還是成就了一幅畫，也許他們的評語也沒錯，正因為斷續的線條，鞏固了某種藝術，也就保留了價值。收藏家走火入魔般的墜入熱戀，集結了一幅又一幅線條，不同主題與年份，不同地點與類型，找一間華麗的儲藏室收納，與線條成為彼此忠實的陪伴。我站在美術館深情凝視，幸好有些畫作屬於國家珍寶，得以在鎂光燈下重見天日。

✵ 之三、夢幻之畫

農曆新年，我在住家附近的超商裡發現了線蹤。一盒三四種不同口味的餅乾，裝在一包包小小的印象圖繪袋內。買的時候並不知道裡面附贈一幅「夜晚的露天咖啡座」複製畫，於是打開來，多了點驚喜和雀躍的樂趣。

不久之後我在抽屜裡找到一張一九九七年黃金印象畫展的門票。想起那一年姐姐對我說：「票根別丟掉，留著當紀念。」就這麼保存了下來，仔細品味才發現，是高更與梵谷的畫作，畫的皆是有些滄桑的女人，果真是封存的歲月啊。只是我仍眷戀著梵谷另一幅線條下的星夜，如果有機會來台展出再去買門票，主辦單位會不會用「隆河上的星夜」當票根呢？

文生．梵谷，這位一八五三年生於荷蘭的畫家，是印象派的大師，他有個以傳愛為責任的神職父親，從小家裡讀經聲琅琅，經文熟悉到可以倒背如流。梵谷繼承了父親的理念，自二十七歲那年習畫開始「繪畫與愛人」便成為他對人生滿足的一個目標。自幼對事業沒有野心的梵谷，總覺得事業就是自己手中的畫作，也從其中獲得安慰與充實，只是他在習畫與賣畫的過程中，沒有想像中順利，終其一生，扮演了被弟弟接濟的悲劇角色。與高更同居的那年，因為兩人愛上了同一個女人，加上藝術觀點的不同，幾乎天天爭吵。某日，也是最激烈的一次爭執，那次爭執過後，高更負氣離去。相傳高更離開隔天，因為長期精神的不穩定，梵谷割下了左邊的耳朵郵寄給深愛的女人，滿足對愛情的過度妄想。女人收到耳朵尖叫痛哭，梵谷終於被送進了療養院。

如果割耳事件是他象徵的愛，那麼，繪畫這件事情又如何？

第一次離開療養院，梵谷進入了一場災難，這座不歡迎他的小鎮居民，會在他外出寫生時，拿起地上的石頭，連大顆石頭也一樣毫不留情的扔向他，讓手足無措的他，身心俱疲的回家。他在信中請求弟弟再度送他進入療養院，乍看之下是禁錮自由的地獄，卻是梵谷幸福快樂的天堂，唯有在療養院，他才能不受叨擾的安心作畫。那個年代有眼光的並不多，他的畫作因為賣不出去而滯銷了。賣不出去或多或少存在著人們因他是精神病患者的排擠與成見。他絕對有實力繪畫，也絕對有天份當畫家，卻只是失敗。這個沒能在當時畫壇上踩穩步伐的男人，創造了同心圓的繪法，勾勒著寂寞。

❋之四、麥田世界

農曆過年，我買下一個伴手禮盒，從包裝盒到包裝袋，印著的都是梵谷的畫。我想起二〇〇三那一年課堂上老師蒐集的資料，除了高人氣的繁星點點，還有向日葵和隆河上的星夜，以及夜晚的露天咖啡座與麥田群鴉。畫家每一個階段，一個又一個的落腳處，幾乎都到齊了。梵谷是老師的偶像，她在我的好奇心中知道我對梵谷有興趣，便送給我她手中的所有相關資料。過年包裝盒上的畫作，正是「夜晚的露天咖啡座」。我的臉上也因為這段記憶的甦醒而綻放笑容。

我的老師在課堂上講述梵谷的一生，他在麥田群鴉的季節自殺死去。老師推了推眼鏡，形容得更透徹：「因為弟弟臨時改變了行程，本來，他是要先來探望梵谷的。」憂鬱症的發作使他認為自己被弟弟拋棄。剛好是群鴉在麥田裡熱鬧的季節，在一個陽光漾漾燦燦晃過的午後，畫家用繪圖的雙手，結束短暫的一生。

不斷的繪畫，不斷的愛人，即使得不到世人的愛，他還是竭盡所能的付出。他生活的地方，一百年來，這個不曾歡迎他的小鎮卻因為他的名氣帶來了豐富的觀光收入。這算不算是他不求回報愛人的方式？或許畫中景色與建築在歲月中更新了幾分面貌，慕名而來的畫迷依然留連徘徊，試圖感受畫家當年的嘆息。

我也在歲月中更新了容顏與年齡，而此刻，當我回顧這些線條，忽然不再感覺蒼涼寂寞，反而得到了療癒。而高掛記憶牆上的，璀璨在童年窗外的星星，也像在提醒我，人生不必過度迷戀功成名就，繪畫與愛人，已是最充實的成就。

是否曾因為一個畫面，在劇情裡歡笑或者流淚，而覺得似曾相識？是否曾因一塊布料裁剪成一件極華麗的衣服，決定了某一種生活品味？站在街頭的柏油路看遠方的路燈，是否和我一樣，會有一種朦朧的幸福？

回憶進行式

黃昏的溫度冷冷的，時間並不晚，卻已經將遠方華燈一一點亮。是因為今天的夜比較黑暗嗎？忽然之間，我的頭髮輕盈地飛了飛，風的溫柔啊！這是還算晴朗的日子，一個冬季裡的向晚。對了，我在人生的路途上旅行，不論晴雨晨昏，拿起筆和紙，就要畫出文字地圖了。與那些陌生的人相逢；遇見許多驚喜的風景。夕陽慢慢沉淪後登場的月色，是夜晚的另一種饗宴。

夜晚，對我來說，永遠是不願放棄的時光，尤其在漫漫的長夜裡睡去。睡眠？唉，多麼浪費啊！這一切當然要從最初認識的夜晚開始說起，小學時，週六半天上學的時光，放學後就是假日了，到外婆家度假，常常是雨後放晴的天色，清新的空氣裡流動著喧囂的蟲鳴。某一年的中秋節，姐姐把睡夢中的我叫醒，躡手躡腳的幫助我離開了溫暖床鋪，我揉揉惺忪睡意看著她。是什麼事嗎？撲通撲通，我的心臟緊張地跳啊跳。姐姐帶著我走向客廳，打開一扇窗，讓好聽的蟲鳴自林間走來。聽不清楚有哪些動物在喧囂，但我知道已經是雨後放晴了，路燈大把大把的灑進客廳，照亮了姐姐的表情。

「姐姐，為什麼叫我起床？」窗戶完全開啟的時候，我終於忍不住問了。姐姐說下過雨後的風景會湧起一層霧色，課堂上老師說過的，很漂亮，現在剛剛好下過雨，可以親眼目睹了。竟然，是要看霧色？姐姐帶著我抽離夢境，為的是要看霧色？

那一年其實已經被時光拉得遙遠了，可是，那種不作夢去陪伴驚喜與興奮，只為了發掘白晝欠缺的輪廓，卻成為回憶中，對於深夜的印象了。

一年四季，常常透過照片自指間翻閱而過，每張回憶就像是一部過時老舊的電影，我們可以不斷重播，卻不能選擇重演。光陰一去不復返。是否曾因為一個畫面，在劇情裡歡笑或者流淚，而覺得似曾相識？是否曾因一塊布料裁剪成一件極華麗的衣服，決定了某一種生活品味？站在街頭的柏油路看遠方的路燈，是否和我一樣，會有一種朦朧的幸福？

我知道過去的種種，而未來，不可知了，因為我尚未抵達，我只想努力的走入明日世界，用溫柔的姿態，靠近一個進行式。

我的生命還在進行。也許睡夢中不會再被叫醒，期待一場場無夢的睡眠後能帶給我飽滿元氣，於是只想安穩地一覺到天亮。也許，三十年來仍有一些生命力沒有改變；雨後放晴的青蛙在合唱——分貝撼動了整個深夜的山中幽谷。

雨後放晴的向晚，
落葉點綴出華麗的滄桑。

我能確定一件事，姐姐罹患血癌後，我變得害怕夜晚，因為冗長的夜太冷，沒有甜味，又是那麼神秘，所以不敢睡去，怕醒來時，她只能是一場夢。

從廣告裡看金門

金門的海推捲著白浪，這座因戰火而處處斑駁的小島，遊客們選擇利用攝影快門，找個百年古蹟的背景合影。古蹟在金門應屢見不鮮，附有導覽解說和歷史故事，相當適合旅遊與參觀。幾個朋友去旅遊或是參觀，帶回的影像都在網路相簿裡，等人口耳相傳。翻閱相簿只需十幾分鐘，我的記憶卻翻開了十三歲的深夜，一個我坐在客廳看電視廣告的深夜：「這背景音樂好聽。」我說。

「不只音樂好聽。」姐姐微笑地認真的說：「男主角走過小巷弄，看著一群阿兵哥快步奔跑與自己擦肩而過的表情好自然，部隊中，有個男孩回眸一笑的年輕臉蛋也好看。金門的街道，真的這麼古樸嗎？」

她看起來很疑惑，但我只覺得嚮往，想走入四面環海的金門。

未抵達金門，網路相簿已有許多收穫，就是尋找當年廣告裡的林蔭大道與風獅爺，部落格版主，用文字記錄過程與心情。在金門旅遊的相簿裡，我一見到風獅爺就震撼，像電流一樣，感動貫穿全身了。

為什麼呢？

金門的仲夏好悶炙，吹著不知何時會停止的焚風，這些風自海洋吹來，灌入街道中，有些地方很強勁，有些巷弄就渺小了。因為這些街道嗎？阿兵哥英姿煥發，四面八方穿梭後，廣告裡的男主角，遇見了風獅爺。這是一個咖啡廣告，可是，陽光下的浪漫，那種陽剛氣盛另類的溫柔，卻也成為我最初對金門輪廓的印象。

我喜歡喝咖啡，更喜歡與朋友家人一起品嚐。每一杯咖啡就像是一場磨黑夜晚的人生，當我喝下了濃郁香味，對長夜漫漫便毋須恐懼，即使是夢，也必定甜美。疲憊中，曾經因為一杯熱咖啡的提神，而覺得活力十足；曾經因為躲一場雨來到咖啡廳，而回想起年輕時愛過的男孩；也曾經因為，在山巒起霧的冬天，喝了取暖的咖啡，而完全遺失勤勞感，只想要懶懶賴著的青春時光。

哪種咖啡是我青春最後的味道？

我能確定一件事，姐姐罹患血癌後，我變得害怕夜晚，因為冗長的夜太冷，沒有甜味，又是那麼神秘，所以不敢睡去，怕醒來時，她只能是一場夢。

我感謝咖啡廣告，這許多年來，留給我深夜坐在客廳裡，中學時光的回憶。雖然姐姐還是走了，陪伴的畫面卻在印象裡，達到一種永恆。

抵達金門，按下快門。因為走過戰火煙硝歲月的所有事物，都沉澱為歷史，經不起旅人的崇拜與嚮往。只是，我規劃拜訪風獅爺的行程太過緩慢，至今尚未踏上金門島嶼，只能依照網路相簿與簡介醞釀心情。醞釀另一種生命的悲喜。

在悲喜中，我找到了畫面裡的街道，安安靜靜的，確實是古樸的式樣。林蔭大道呢？是否仍佇立在天地間？如果人間的緣分不會花開花謝，我們是不是就不會懂得離別？當年回眸一笑的年輕阿兵哥當然只在影像存檔裡青春永駐，連那文雅的姐姐也早已辭世。

金門的海，推捲著白色浪潮，一次又一次，不肯放棄上岸的機會。期許自己擁有潮汐的精神，把握住最佳狀態，可以看一看在歲月裡，站成英雄姿態，不畏風霜的風獅爺。

不知道它們開往何處，被陽光照顧的一座城市，
住著許多懂愛的人吧？

和風是甜點的味

＊之一、陽光照顧的城市

我的悠遊卡刷過感應器，發出悅耳的回聲，從板南線的永寧站走出來時，看了看時間表，十點二十三分。沐浴在捷運站出口廣場處的火辣豔陽中，竟覺得仍在迷宮裡，找不到出口。

可能因為路線的陌生，一直處於搭錯車的狀態，沒有寒意也失去溫暖，有人潮就排隊，上了車再搭錯。我最後終於對了步伐，順利走出捷運站，呼吸一下空氣是涼是熱？我看見空盪盪的廣場上，灑滿陽光，陽光裡的城市馬路熙來攘往著車輛，長長地，像與陽光的陪伴。

不知道它們開往何處，被陽光照顧的一座城市，住著許多

懂愛的人吧？

❋ 之二、懂愛的我

我覺得自己是懂愛的，因為，出口的停車格在規劃上，設計了寬廣的行人步道，一對祖孫正在步道散步。雖然與朋友芳萸相約在十一點二十分，我足足早了一個小時抵達，無聊的時間一大把，但是，環顧四周的大樓，流動的車河與祖孫背影，心中已被溫馨所充滿。

其實我未曾想過要約在中午，只是吃素的朋友要幫兒子送餐，她固定十一點送便當去幼兒園，我便配合著她來到陽光下。

這一次，我利用早晨的時光，簡單而短暫，用十分鐘先約一個朋友拿相機，地點在南勢角捷運站四號出口。「那裡有間麵包店，挺有設計風，可以練習拍它個幾張。」網路上朋友是這麼說的。當我走出捷運站，也許是內外溫差大的關係，我的小腿抽筋一下，走階梯時差點跌跤，幸好穩住腳步，只是努力平衡的結果，小腿肌肉仍然隱隱作痛，帶著痛意，我見到了朋友。「這台相機的電池我上週就充飽了。」「所以可以直接拍照？」「可以。」他斬釘截鐵的回答。拿起相機，我向他道謝並且道別，有些倉促地，完全忘記了麵包店拍攝的事。回到捷運站搭車，一如往昔坐過站走錯月台，糊哩糊塗地，我又迷路了。這一迷路不得了，足足有兩個小時，在列車搖搖晃晃中，虛度了。

好像站在麵包店門口會如此匆匆是因為已有預感，我千里迢迢赴中午約，一定會花上不可思議的時間在迷路上，在找指標。

※之三、盛開著藝術

放下我緊張的心靈，在中午宜人空氣中漸漸鬆弛。這裡明明是我成長的城市啊，可是，幾十年的科技過後，整座城市矗立在一種陌生的輪廓中。像盛開著藝術，雲朵在天邊游移，迎面吹來的風飽含水份，滋養著萬物。所以此地容易植栽，櫻桃紅、淡雅白、稻穗黃，季節一到，它們整齊綻放，爭奇鬥豔。

路邊告示牌寫著：桐花步道。

我馬上意識到，因為開滿如海浪起伏的桐花，才能規劃湧入大量觀光客的步道吧？好方便賞花。

見到了朋友芳萸，我也就相信了旅遊網的介紹，這是一座花朵愈開愈繽紛的城市。櫻花永不凋謝，裝置藝術的假花；和風味十足的果子店；非假日的造景簷廊下，遊客稀稀落落，走著逛著總有一種彷彿置身在北海道的優雅，充滿了櫻花與紫藤，綠竹和松柏，以木盆流水為首的北海道優雅氣息，等著遊客在不疾不徐中拜訪。有好長一段時間，曾經，這是我不曾嚮往的異國情味，然而「好美啊！」這樣的驚訝，從入口的第一步到最後一步，始終沒停過。我有足夠的理由相信這裡的確盛開著一種藝術，所以漂亮不缺席。

那個沒有拍攝麵包店的遺憾，總算九霄雲外般地在步入果子店時拋開。

逛完文化走廊，我們來到商品展售區，自動門一開便聽見服務人員充滿元氣的喊著：歡迎光臨、歡迎試吃。我的飲食習慣不像芳萸吃素的，多有忌諱，得處處留心是否有葷食，所以，只要我有興趣試吃，不管什麼口味，一律來者不拒。忽然，在典雅的裝潢空間中，像一陣冰涼霜雪的風席捲而來，我的精神清醒，眼神發亮，更好，這裡更好。

接著我詢問一個離我最近的女服務員，是否可以拍照？取得同意後，我在那些糕餅點心類間，拿著OLYMPUS XZ-2游移，穿上華麗的包裝，整體設計比麵包店更有質感，那些商品瀰漫著烘焙的香氣，女服務員很熱情的解說架子上試吃的口味，滔滔不絕，彷彿她就是那製作糕餅的師傅如此熟悉。一切都進行得順利，我在慵懶中繼續移動鏡頭，只想趕快完成點心區拍攝。

點心區拍攝完成來到休息廳喝咖啡，兩個人異常亢奮，閒話家常討論著此地的和風味，許多人在日本體驗的民俗我們也有了，並且不必遠渡重洋。談著說著，咖啡漸漸少了，杯底露出來。在這許多甜點居住架子上的空間，給予我們午後好精神。

和風味十足的果子店，正等待著旅人們的歡迎光臨。

角落詩蹤

相簿

四季的腳步，是鏡頭的心跳
憑著畫面的嗅覺
來到蜻蜓逗留的榕樹下。
被太陽融化的鞦韆
坐穩著快樂
春天，可以聽到
童年盛開的笑聲

當腳步來到夏天，鏡頭
是張貼在瞳眸裡的溪水
野薑花滾著像火的夕陽
燒焦風景的一個角落，是
一詩一句的山脈，高高低低
排出水流的五線譜
仲夏夜，可以聽到
爵士天空的蛙鳴

秋天，是鏡頭將所有的
桂花，一網打盡
是從鼻息，溢出的
滿山楓紅
在熱情的扉頁裡與青春對話
滿地蕭索是戀愛的滋味
秋天，在制服的鈕扣上
縫補多愁的鐘聲

霧色摘採的茶葉，每一片
都呼吸著冬天，外婆說
一連串放響寒冷的梅花
靠近新年，就在
茶園的上方，那個
掛著海洋的
白雲

相簿，是鏡頭將所有的歲月
濃縮
從榕樹下的鞦韆
沿著時光隧道
經過，野薑花山脈的合音
一步一步的嘆息
從渲染桂香的紅葉，排列到
梅花紛飛的下雪天，相簿
還藏著故鄉的月光。月色很美
像從山中天空裡採下的

外婆別在髮間的
寂寞

寂寞，隨著輪迴走入四季
走入，鑲滿相思草色的經文
走入，佛光普照的
一床被褥。寂寞最終
站在靈堂，用雙手輕輕地
闔上相簿

二胡

小時候聽二胡，是鄉鎮裡的捏麵人
捏著老舊電影的街頭，
古樸的畫面是捏著
向著海洋的落山風
姊姊的髮也捏著
旋律裡的笑容

長大一點點，二胡拉長著向晚的寂寞
烘乾木屋逗留在磚瓦上未乾的靈魂
是姊姊放在我手中的糖果
沿著像歷史一般高度的施工大樓
姊姊的眼睛，烘乾
未消失的感傷，也烘乾
老家最美麗的晚霞

而現在
二胡是一曲悠揚的鞦韆
等待著落葉與陽光
在季節走過時
展開晃動的圓舞曲步伐
荒涼的枝葉上有溫熱的心跳
蝴蝶，也加入一場哀悼。

而現在
二胡是墓誌銘的斑駁
焚香燒亮童年那一抹抹片段
彷彿瓣瓣凋零的歲月。
我借了昨晚的明月
拼拼湊湊童年的花香
飄然地迴旋，溢開在
那一甕釀著鄉愁的
姊姊的骨灰

昨晚，夢見妳

昨晚，乍見一座花園
我在燈火處回首
妳是花上閃爍的珍珠
於分秒間流轉，翻覆的
是無聲的幾行淚
涵養玫瑰色歲月

信手拈來花香
彩繪一雙翅膀
翩翩然，飛進字裡行間
一行一行等著日暮
的詩的驚嘆號
是妳，是我歌頌的水色
倒映著彼此心波

畫面逐漸腐蝕朦朧
每段記憶潮來潮往
於是我眼底雪意紛飛
讓填補斑駁夢境的滄桑
皓白妳紮住浪漫的髮間
夢境疲乏的餘光裡
妳笑聲稀稀落落
迴盪在
玫瑰色般寂寥的墓園中

微笑在烏來

半路上，身旁的風搧動我的長髮，好奇心也就這麼起起落落，忍不住臆測，微笑章戳上的地名是否代表某一種意義？微笑台灣三一九鄉。不論旅人遊走在哪一個鄉鎮，微笑都是共同的語言呢？象徵的是活力與心情；象徵的是青春與熱情。

微笑在烏來

這是五月初的一次拜訪，乾燥的，來到烏來，只去遊客中心以及逛逛老街，再回台北。前前後後，只花了四個小時，連瀑布都沒有見到面。

快得像一場參加等待祝福的宴會。

然而，我還是走進了一家魂牽夢縈的烏來柑仔店，買了幾包古早味零嘴，逛一逛新鮮的紀念小物，在這變得比較寬敞的走道裡。

就像是回到童年時光那樣的街角雜貨店，開架上琳琅滿目懷舊的物品處處驚艷，使我相信，必然曾經有過刻骨銘心的復古印象，在此甦醒，清醒著無法還童。

鮮豔可愛的郵筒，擺放在門口的左側旁，被濃密的紀念品遮蓋住，只見貼紙和各式吊飾，幾乎隱藏住郵筒，我想要的旅遊戳章也被隱藏了，幸好只有幾步路的距離，最終，順利蓋到章印了。

或許因為不是假日，老街上的商家有好幾個空位，不同的小吃店都共存著冷清，看起來相當惆悵。我們輕鬆坐在開放式等不到旅人的椅子上，體驗一下時間的寂寥，再拿出遊客中心索取的簡介，它的鄉鎮圖騰，是我蒐集的第一個微笑戳章。

烏來的風悶炙，吞吐著煙嵐般的蒸氣味，它日以繼夜見證野溪溫暖的水流。循環地吹過不知名的花草，或許還在整座山谷中迴旋。

在那些深深淺淺的泉水中，我看見人群，坐在野溪旁，打著傘，泡腳。

五月的空氣好炎熱，仍是有這群來自天涯的粉絲忠實地報到，他們看起來好偉大，不畏汗流浹背的挑戰，讓溫暖水流淹過足踝。擋住陽光的大傘，綻放在邊緣處的老樹前，容納著一個空間，只見傘緣外的男女老幼無傘可撐，仍是那樣的歡快。我們從攬勝橋走過，來來回回幾趟，猶豫著要不要下去泡腳，最終決定，放棄。

台車站下方，山路上的計程車，司機笑容親切的招攬客人，我們沒有搭車，站在徐徐的向晚風中，緩緩按一張快門。

留住了。漸漸刷涼的溫度，讓體內的血球瀑布調出宜人，攝一張剪

烏來的吊橋冗長，兩端連繫著的，是不是南來北往，旅人的微笑？

影。

離開的時候，店家油煎的山豬肉香了整條街，鬆弛散步的瞬間，小米酒映入眼簾，腦袋裡住進果凍色的瓶身。圖案設計得很素雅，色調很柔和，像女孩子喝的養生酒。酒架上標示的一個價格，老公在我耳邊不可思議的小聲說「好貴」，一瓶也買不起。評頭論足的新鮮感，好像拉長了老街距離。還是抵達了停車場，坐上機車，懶懶的，下山。

半路上，身旁的風搧動我的長髮，好奇心也就這麼起起落落，忍不住臆測，微笑章戳上的地名是否代表某一種意義？微笑台灣三一九鄉。不論旅人遊走在哪一個鄉鎮，微笑都是共同的語言呢？象徵的是活力與心情；象徵的是青春與熱情。

不留白的青春在今天過後又撕去一張日曆了。

向晚的太陽藏在雲後，晃過三兩滴雨，晴天又出現。捷運站旁熱鬧滾滾拿著雞排或飲料的學生部隊，晚霞掛上他們的嘴角，就像戳章刻畫微笑一樣，元氣十足。

就在我們回程的傍晚時分，瑩瑩燦亮的燈火，點綴著烏來老街的顏色。

老街地圖可以指點迷津，讓旅人不致於迷失方向。

從烏來到瀑布；從老街到台車。山映斜陽天接水的輪廓；芳草碧綠的幽靜古道，奇形怪狀的地理與岩石；原住民手工傳統風味圖騰，都令人流連忘返。

夢的童年

✵之一、優雅漫步烏來

四月上旬，山中已經有了酷暑的意味了。

攝氏三十度的高溫，上午九點三十五分的新店捷運站內，我在猶豫著，不確定接駁的巴士，將從哪一個方向駛來。

捷運站的年輕小姐，用專業的語氣說出公車站牌的方向，接著又笑開臉上淡雅的彩妝，溫柔強調：「要搭八四九號公車啊。」

走出遊客詢問處，同時，朋友也帶著牙牙學語的兒子向我走來，打算投入陽光的懷抱。

晴天，上週便被預告出來，陽光在城市裡曬出一個又一個的影子。這麼強烈的陽光，會不會中暑？司機，開得了車嗎？巴士，會不會拋錨？許多悲觀的擔憂在心中形成，就像豔陽下的影子，清晰了輪廓。

「下一班車什麼時候來？」我們因為推著嬰兒車，懶得面對大排長龍的隊伍，所以決定放棄眼前的巴士。

「好像是三十分鐘後。」朋友說得很樂觀：「但是我們一定可以搭上下一班巴士。」

十點十分，依然沒有巴士的蹤跡，這一次，我的探訪野溪溫泉計畫，真是選錯良辰吉日了，即使馬上搭上巴士，抵達烏來也近中午，沒有樹蔭遮陽的野溪勢必得放棄，我的規劃將會意猶未盡。早知道會有這樣的擔憂，就該挑一個涼爽的風景區。但是，溪水穿越過山脈的地形仍那樣賞心悅目，就算抵達時酷熱；就算我的擔憂都成真了，這趟野溪溫泉造訪，仍是無比美好。

當我開始認識露天溫泉這件事，我的價值觀便升級了。

十幾歲時，第一次隨父母去陽明山泡溫泉，那次是因為年邁的外公關節炎，聽說泡溫泉對筋骨方面有神奇療效，於是，大家一起相約來到陽明山泡個人湯屋。我一個人泡在空間不算小的溫泉裡，覺得沒有安全感，只好蜻蜓點水般，草草了事的泡了一下，泡完走出來，並不覺得有什麼樂趣。

過了好幾年，一個同事在聊天之間說起了露天溫泉，顯出心滿意足的表情，敘述那一種在星空下的鬆弛感官：晚間的蟲鳴不絕於耳，抬頭，望見一方星河……。

於是我知道，有一天，自己一定會去嘗試露天溫泉。

＊之二、飛瀑不疾不徐

到台車站搭車，我在這次的新店旅行中，預留了片刻的時光。野溪溫泉就在攬勝大橋下方，穿越橋樑，可以抵達老街以及台車站月台。十足原住民風味的鐵橋，堅強的矗立在春天的陽光下，準備前往老街或瀑布的旅客，慢條斯理優雅走過去。

我被台車站山腳下旁邊原住民可愛的圖騰吸引了注意，它們的色彩繽紛，像吸收了春夏秋冬四季的能量，那樣地充滿元氣。彷彿鼓勵著往來的旅客，在烏來，就該學習原住民的勇氣與謙卑。我數著拾階而上的落葉，跟上了拿著嬰兒推車吃力的朋友的腳步。

我們暫時不去泡溫泉，陽光太灑脫；我們要去的是烏來瀑布，看看順流而下的飛瀑怒潮。

於是，我們在月台上，購買從烏來抵達瀑布站的車票。

坐上台車，我總覺得，可以飛也似的追上前方的夢想，但台車確實是緩慢的，是不是承載了過重的光陰？是不是承載我過多的歡喜憂傷？它的速度就像秒針一樣，彷彿依戀著歲月的嘆息。

瀑布適合欣賞的時節，是在雨水密集的節日，這時候正逢乾旱，瀑布自然沒有想像中的壯闊。可是，遠遠的還是聽見了氣勢磅礴淙淙的流水聲；看見了古色古香木造的建築，販賣「美景」與咖啡。在露天廣場喝咖啡，青山綠水的環抱之中，等於是喝咖啡送美景，這不正是買一送一的好服務？

這個春季，我正在一字一句朗誦古典詩詞的美好，一個讓自己身心幽情的地方。悶炙的空氣，取代雨紛紛的清明時節，細微的汗珠濡濕了我的毛孔，汗珠積存在心裡，輕飄飄地。然後，有一天，一個男性友人去烏來賞櫻花季，帶回了一大片緋寒櫻、八重櫻以及吉野櫻，幾百朵的花開放在一張張照片裡，我選了一張找首古詩，題上去，珍藏在手札裡，忽然，那個扉頁變得柔亮了。

那光芒蒸融了我心裡的汗珠，是緋紅櫻花的撫慰啊。她輪迴著盛開與凋零，歷經生與死，人生，不也是這樣的嗎？

我站在櫻花樹前，想著這棵不算高大的樹木，在季節對了綻放櫻花的時候，其實全身都翻飛著粉瓣，落英繽紛。如今，歲月的流逝，已經把滿身淡雅都落盡了，只剩單調的葉綠色，保留住白晝裡陽光的溫度，樹的影子堅強了，樹的身段更為永恆。

時間帶來季節，它們準時的，每一年都赴約，像信守著某種諾言，於是，土地用溫度傳達，植物紛紛開展出生命的春夏秋冬。

因此，這般的綠樹花紅，我成為欣賞者，尤其是居住北部，烏來溫泉文化代代相傳，豈能輕易錯過？

從烏來到瀑布；從老街到台車。山映斜陽天接水的輪廓；芳草碧綠的幽靜古道，奇形怪狀的地理與岩石；原住民手工傳統風味圖騰，都令人流連忘返。

我在櫻花樹旁喝冷飲，檸檬味的冬瓜茶，小時候都喝百分之百純檸檬汁，母親親手榨汁的。涼颼颼的冰塊，拌著酸澀的果香，便是童年夏天的滋味之一。坐在木製的長椅上合影，感受若有似無的風中，瀑布飛濺的圓舞曲，真想像雲朵一樣，無障礙跳個舞蹈。

❄ 之三、到純真裡找年代

我的朋友告別單身結婚之後，旅行就有不同的規劃了，神奇的是，有了她帶領孩子伴我走過的烏來，彷佛也用不同樣貌注視著我。

為了證明自己很多年前造訪過，因此，堅持用站立的方式搭上巴士，關於山的蜿蜒，用一種隨機應變的心情上路了。這條不算漫長顛簸的山路，需經歷好幾個大轉彎，不知道是我的平衡感不夠，還是轉彎幅度過大，接連著的幾次東倒西歪，我的雙腳，已經有點吃不消了。

從巴士總站下車到老街，沿途盡是青山綠水，若一定要挑剔，豔陽高照便是美中不足的缺點。然而，正當我們盡可能的找遮陽處，肚子恰巧也餓了，老街上多是原住民風味，有很多可以坐下來吃的店家，我們選了一間菜色很家常的小吃館，看著老闆娘遞給我們的菜單，茹素的朋友前往櫃台，用擔憂的語氣問老闆：「有素食湯麵嗎？」

這是一間充滿野味的餐館，卻也販賣著素食，吊掛的液晶電視一幕幕播放新聞；牆上的時鐘長短針，分秒必爭的競走，接著是上菜後我和朋友聊天的笑語聲，我終於明白旅行讓人心動並不只是風景，而是腳步中那些踩踏與休憩的交錯，談笑風生，說起昨日、今昔，與未來，前途似錦的遠方灑滿耀眼光芒，浮貼彼此夢想，獨一無二。無論是多麼匠心獨具的藝術家，也刻畫不出這麼飽滿又富深情的時光。

泉水在山中迴旋著，順流而下，這就是所謂的烏來野溪支流域嗎？我們行經一間古早味柑仔店，打算回程時再進去參觀。一日遊的時光短暫，當我從瀑布站歸返，兩旁的樹影，緩緩移動了幾分。

已是午後，陽光還是很強烈，這次的露天溫泉之美尋覓，肯定是要放棄了。「總有一天我一定會去嘗試露天溫泉」那年講過的話清晰了，也許，沐浴在「星光與蟲鳴」之中，確實很美好，然而，現在是白晝，即使泡了溫泉，也不可能「豎耳聆聽蟬鳴，抬頭仰望星河」。

等緣分到了，有一天，未來，再來尋訪吧！我安慰自己。

太陽微微西傾，我們緩緩地向老街走去。總是這樣的，來回必須經歷一次相同的路，才能抵達目的地，這是不是生命裡，永不匱乏的過程？溫泉氣味的風撲面吹來，走近懷舊的雜貨店，最適合安靜回味，當然，也適合閱讀。

跟著一字排開的懷舊小物，好像又回到小時候的步伐，跳躍著，跳躍著，那樣輕盈。

童年如尪仔標，而我們總是那麼想炫耀自己的玩物；我們又總是為買不到昂貴的玩具悵然若失；我們的玩具盒裡總是放著顏色斑駁壞掉卻捨不得丟掉的那樣玩物。

老街還沒離開，童年離開了。我拍下懷舊了整間的柑仔店，知道它能為我帶來紀念。

＊之四、夕陽伴我歸

向晚的新店捷運站，我們正準備乘坐回家的列車，朋友有些不捨，我們便「偷取浮生一點閒」來到碧潭散步。接近放學時間，一條冗長的學生部隊向我們走來，隊伍裡的一名男孩「逆向行駛」般地與女同學面對面嬉鬧玩耍。他的腳步後退著走，眼看就要撞上我們的嬰兒車了，「小心啊，後面有人！」幾名女學生尖銳聲音提醒他，微微帶著笑意，帶隊的老師也在隨後出現。呼吸碧潭空氣的老師學生，他們的臉頰都有彩霞的紅暈，不久就要迎接繁星點點，但，他們看起來十分快樂。

霞光昏黃了天空，還沒離開新店，我已經想念烏來了。不知道人潮開始聚攏的老街，此刻是否已經點燃華燈？

烏來的泉水淙淙，迴旋著它們的夢。我沿著前方一路而去，陪伴我的，正是這條溪流。

水塘裡高高低低的荷，綠色闊葉伸展，它們在水聲響動中如一葉扁舟，悠然的樣子像準備向著國畫裡划去。

植物園裡賞花去

❄ 之一、台北叢林

一大早的天空陰霾，資料顯示為陰天，降雨機率低於百分之三十，即使下雨，也是在午後時分。這算不算好消息呢？

五月份，夏花綻放的季節，聽說植物園已是熱鬧滾滾。或許因為這是隱身於台北市內的叢林，是台北人一定會來拜訪的地方，這裡也容易看到成群結隊的外勞，空氣常漾著多國語言成為司空見慣，大家都用雙腳邁出堅定方向，因此，路徑飄浮著一種歡欣的幸福與笑聲。一路通行無阻向前去，彷彿穿梭於高山之間，鼻中嗅到的都是樹木的清香，原始古老的。

路邊告示牌，花草植物的名稱解說，是最簡易的認識方式，參觀者一字一句的往下看，閱讀的時候，知識也就一層一層的多一些了。為了幫助腦中記憶，拿起相機，紛紛往告示牌拍去。照片留住了花花葉葉的形象與介紹，應該不必怕遺忘吧？

木棧道的裝置藝術美觀實用，上方是行人徒步區，下方則是魚兒游泳的集水區。

我們隨著幾位戴帽子遊客，輕盈而快樂的走上木棧道，站上盡頭的圍籬處；右邊有一個婦人，停穩嬰兒車，戴著碎花圓帽，一邊對孩子雀躍的介紹水面上的鳥禽與烏龜，一邊撐起傘來。

旅人是不是有某種敏銳度，能比氣象台還要準確知曉雨的腳步？

❋ 之二、荷園綠葉

植物園內聲勢浩大的是夏荷，寬廣荷花池，是季節性的焦點，也是攝影玩家的挑戰性指標，政府選擇了繁華熱鬧的台北市，作為荷花的棲身之地，幾十年前便規劃了植物園。我想應該是個愛民如子，喜歡設計一方好去處的公家機關吧。

而植物園裡最吸睛的其中之一，是好天氣時進行的灑水作業，為了培養健康規模花葉與生態環境，每一天會在無雨的狀態下灑水保持濕度，一草一木生長的氣候、水份等等絕對恰到好處。讓花卉與一切植物綻放得欣欣向榮之後，老舊花草會被拔除。

每一天工作人員總要忙裡忙外，整理盤根錯節的花花葉葉。他們一株一株的連根拔起，好多堆積如山的蕨類在路邊垂頭喪氣著，有一種煥然一新的意味。好想上前問一問，這些淘汰的根莖葉，可否讓我帶回植栽？

我終究沒有問，因為更有興趣的，是那些睡睡醒醒的蓮，我靜靜賞花，不動聲色，眼眸中也漾著水色般的瀲灩。睡著的蓮能送人嗎？答案必然是否定，因為它們是政府的財產。

前方湧起一陣喧嘩，荷花池到了，應該是讓人崇拜所發出的歡呼吧？水塘裡高高低低的荷，綠色闊葉伸展，它們在水聲響動中如一葉扁舟，悠然的樣子像準備向著國畫裡划去。

我在那些花葉間聽見相機快門的聲音，夾雜人們幸福的頻率，此起彼落，配合得天衣無縫。

那花朵綻放的姿態使我想起留聲機，宛如下一秒播放佛經，會顯影怎樣的極樂世界？花朵能開得更盛大，乘坐飛行嗎？古老流傳的神蹟，會不會在我的眼前出現？

我拿起相機，越過人群擠到池畔前的第一排，試圖將花朵看得更仔細。

清麗脫俗，美麗的荷花啊！是不是因為因為對人間無欲無求，所以一塵不染？按下快門的瞬間，內心被平靜、祥和所充滿，因為人間好時節讓憂鬱與煩惱像塵埃般緩緩降落，難道這就是無欲無求帶來的安定嗎？

轉過身離開荷花池，不會下雨的陰天仍是無法久長，不是說低於百分之三十的午後短暫陣雨嗎？天空還沒經過正午，已經阻止不了雨水腳步的輕盈。嘩啦啦嘩啦啦，水花說明天氣預報的瑕疵，終究無法像資料那樣的保持多雲的涼涼氣候，植物園矗立的藝術方鐘，不久之後，此地的一景一物將會因沖刷洗滌而變得更明亮。一滴雨飄墜，兩滴雨滑過，想像著，當一場雨震撼到來，「雨聲敲碎荷聲」水池裡的形形色色，將會活潑熱鬧，或是更加安靜？

荷花的淡雅雖然清涼，卻增添了盛夏烈陽的意味，在陽光下賞荷，更能感受美麗與優雅。

滿開的荷花，好像來自國畫，永遠也不會凋零。鏡頭在鮮豔的顏色中捕捉柔美的角度，多麼渴望延長盛開季節，比大自然更貼心的呵護下，安靜的長存倩影。

冷清的圓形亭子，旅人三三兩兩，他們不說話的時候，看起來很孤寂，增添幾縷惆悵。也許是秋天吧？荷花池沒有花，只有幾片孤挺在水面上的葉子，陪伴著黃昏。

台北綠森林

❄之一、楓葉百態濃縮成一首歌

我站在窗前確定遠方亮白的雲是放晴的預兆，約了老公去植物園走走。我們真的用走的，靠雙腳踩出方向，不依賴交通工具，中午時分抵達。進入植物園，十一月底的風並不刺骨，搖曳著路邊矮小的花花葉葉，很適合習畫的人在此寫生。

我與老公並肩走著，好奇地問：「十一月了，你覺得楓葉還是有的，尚未凋謝，是吧？我知道很多楓樹都可以掛著老葉活到冬季。」

老公搖搖頭，表示不知道。

是因為秋天會讓很多植物枯萎，渲染黃昏色嗎？於是樹與樹之間的接棒合作，讓老葉生生不息到冬天，被大片夕陽彩繪著，有一種類似的金黃與霞紅？還是老葉複製太多楓葉的美，故而充滿楓味？曾經在小學年紀或是中學課堂上，與同學討論起操場的景色：「秋天到了，一整排的楓葉變黃、變紅了，真漂亮。」問題是，學校根本沒種楓樹，打哪來的楓葉呢？由於沒有人有異議，這種魚目混珠的情形也就一錯再錯直到成年後。

我自己對楓樹的喜愛，也許與「楓葉盟」這部戲劇有關。那時的莫少聰手腳靈活的武功高強；那時候的米雪，端莊優雅笑起來甜美，標準東方美人。播映時間一到，我守在電視機前寸步不離，喜愛的程度僅次於「楚留香」。二十多年後，我和老公來到植物園，不見楓樹蹤跡，到處都是綠色植物，偶爾探出幾朵小花，我輕輕哼唱：「疑是夕陽給染紅，卻是秋風來撥弄……」就在旋律中，想起很年輕的午後，我坐在螢幕前，看著重播，一起合唱：「猶如楓葉，謝了又紅，年年心事重。」

中年的自己，一步步邁向未來，漸漸老去，仍是愛著這首年輕時的歌。站在植物園區內，把曾經走過的心事，複習一遍，心中感慨萬千的洶湧著。

有人在此地用畫筆繪出四季，典藏一生；有人在此地以相機紀念，回味無窮。

台北市，一個走在時代尖端的地方，也隱身一座與世無爭的叢林，古老原始的。

而我，只想在倒數計時，利用晚秋之美，找一片楓葉的所在，沉思。

❃ 之二、秋天開出寂寥，一葉一葉

「荷花池」是每次都要去拜訪的，因為那裡有一方水塘，深深淺淺的水面上，還有幾隻鳥禽低空掠過地遊戲著，觀光客交頭接耳，手牽手走過池畔邊的木棧道，笑出的聲音還會附上幾句英文對話，別有一番風味在眼中。行走水塘邊，我只想看看秋天花朵凋零後，還剩下什麼生態存在？灰黑色的魚群是否無恙？政府如果在這裡規劃一間咖啡簡餐館，面向水塘，隨著季節變遷欣賞不同的美，能不能替國庫，增加一點觀光收入？

還沒進荷花池，就被路上一連串尖銳的音頻吸引住，不知道從哪裡傳來，規規矩矩的節奏宏亮，像動物間放開聲帶發出高高低低層次分明的求偶曲，節拍的停頓引人遐思，究竟是空氣吐出了聲音？還是聲音吞下了空氣？

當我們愈來愈靠近荷花池，聲音便消失了，正當我覺得疑惑的時候，無意間看見兩個大學生般年紀的女孩，面對面的站著，原來是她們在吊嗓，因為我們走過來，害羞地暫停一個練習的段落。我們漸行漸遠，距離拉開，兩個女孩才又繼續培養彼此合作無間的默契。

我只在電視上聆聽歌者的聲音，而此刻，我終於體會現場震撼悅耳的藝術。

順著步道往前走，就是盛夏時節滿開的荷花池，據說是觀光客最愛的地方，總在花葉間神遊。秋季的陽光穿越雲端，淡薄的灑下來，冷清的圓形亭子，旅人三三兩兩，他們不說話的時候，看起來很孤寂，增添幾縷惆悵。也許是秋天吧？荷花池沒有花，只有幾片孤挺在水面上的葉子，陪伴著黃昏。

那一葉一葉盛開的，真的是專屬於秋天的寂寥嗎？

夕陽微微西傾，我沒有找到楓樹，只覺得雙腳非常疲憊。向植物園說聲再見，我們帶著快樂離開。

回家的路徑，南機場夜市的華燈，已逐盞點亮。我向小販買了壽司，不昂貴，買十送一，買十二個加送茶碗蒸，一個只要十元。我帶回兩盒壽司當今天的晚餐。十字路口，偶爾有腳踏車摁了鈴聲，從身邊騎過。我也加快了腳步，因為向晚的顏色，愈來愈深了。

秋天，荷花池仍有美的一面。

我們坐在入口旁的小攤販吃臭豆腐，古早味油炸，旁邊放泡菜的那一種。小時候機會雖然不多，但都吃這種泡菜臭豆腐，熱騰騰的豆腐，裹著泡菜的辣香，便是童年母親發薪日，追著沿街叫賣臭豆腐攤販，向晚的滋味。

留下的符號

❋之一、老街上的幻影

蓋戳章的次數愈多，愈能明白刻製代表性圖騰老街戳章的珍貴意義。這真是個素樸懷舊，傳承著民俗技藝的典雅小鎮。小時候去三峽無數次，僅只於入山去外婆家，偶爾會在橫溪路入口處，順便去阿姨家做客聊天，從未曾正式抵達老街。這一次我把三峽老街規劃在行程內，沿途經歷的部分景色，便是小時候走過的印記。一個風景換過一個風景的匆促，是否提醒我必須記住此時此刻擦肩而過的每分每秒，日後都將成為一去不復返的歲月？

那時候，這條路陪著我來到外婆家；這一次，則是重溫舊夢般，引領我前進三峽老街。

曾經看過幾張照片，指著其中一張有些靈異色彩的問：「這是人嗎？顏色怪怪的。」

「不知道呢，現場沒注意。」攝影的朋友說：「那在三峽老街……」。

「喔……」我不再說話，朋友也沒再討論下去，我們換了一個話題。

是不是人，真的很難去確知，倒是三峽老街就此在心中留了一個驚嘆號，與更多的問號。

❋之二、手工街接懷舊滋味

到三峽老街蓋章去，我和老公在這次的計畫表旅行中，預定整個午後。

我們的停車格正前方剛好是一間金牛角商店，醒目的廣告看板，彷彿提醒著遊客，來到三峽老街就要攜帶一盒金牛角回去，這趟旅程才算圓滿。非假日的關係，門口購買的遊客並不多。

路邊的指示牌矗立在春季的陽光下，沿著箭頭方向，我們和一般旅客一樣，悠閒而優雅的走上長福橋。旅行就是這樣，要放慢腳步才能注意到身邊的美景，我在這裡停留，看看三峽河岸漂亮的風光。

我被橋上小攤販開架上排列整齊的動物吊飾吸引注意，它們五彩繽紛，晶晶亮亮，像吸收夏日裡的陽光，元氣十足。又像是在預告旅客，三峽老街純手工製品的美好，絕不容錯過與忽略。我拉緊風衣，將露出的頸子完全蓋住，跟上離我五步遠的老公的腳步。

在此地，我們不但認識祖師廟，香火的薰陶，還見識到金碧輝煌的建築，看看百年傳承的彩繪雕功。

手工藝品的生產不分季節性，想要隨時都可以製作。老街是手工藝的城堡，林立著純樸典雅的矮樓，賣著天然環保的手工肥皂，很素雅的包裝材質，連香味也像是從歷史的長廊中飄出。手工藝品，讓我興致勃勃的是號稱可以改變地氣磁場的天然礦物，它們奇形怪狀，經過加工後的琢磨，變得細緻光滑，聽說聚寶盆就是利用加工過後剩下的晶石，由五種不同顏色的礦物組成的團體。它們小小的，看起來真的很像是淘汰後被加以利用，以招財法的順序，倒入五種礦石，這些碎石像疊羅漢一樣的層層堆高，不斷閃亮著，鮮豔繽紛。

今年春天，我正在一樣一物的研究客廳風水擺飾，一個全家人安心居住的地方。琳瑯滿目的吉祥物，化煞的八卦玉，吸引了我的目光，那八卦玉保存在心中，安安靜靜地，然後，不經意，我在商品目錄看見五色石，訂單便立即買下了聚寶盆。商品寄送到手上，放在家中找到的財位，忽然，那個位置美輪美奐起來了。

那種美好安慰了我對財運的妄想，天然礦物的刺激啊。我站在三峽老街十字路口微笑，手中輕捧著方才結完帳買回的礦石。

一顆三十九元，三顆一百元，得此機緣，我用不算昂貴的代價帶回三顆。

我站在老街入口處尋找遊客中心，因為賣礦石的小姐告訴我：「那裡有旅遊紀念戳章以及導覽手冊，如果不清楚，還有服務人員可以詢問。」我信了她來到指引的地方，午後四點的陽光慵懶，除了三三兩兩的旅人走著笑著，幾間店家相依相伴，還有一間警察局，再沒有什麼令人驚喜的招牌了。

「在哪裡啊？」心裡嘀咕著：「沒看到遊客中心啊。」停下腳步，我回頭望去，老街的蜿蜒，整齊而嚴肅的延伸，排列成一種素樸；還有幾輛腳踏車按喇叭的銀鈴聲經過，眼前，就像是人力車時代的街頭剪影。老街的樣貌溫柔，老街的面容更為親切。

我們坐在入口旁的小攤販吃臭豆腐，古早味油炸，旁邊放泡菜的那一種。小時候機會雖然不多，但都吃這種泡菜臭豆腐，熱騰騰的豆腐，裹著泡菜的辣香，便是童年母親發薪日，追著沿街叫賣臭豆腐攤販，向晚的滋味。

坐在風扇吹拂的椅子上等餐，欣賞平板電腦儲存的檔案裡，旅行的每一個片段，真希望青春就像這些畫面，定格著留住時光。

❋之三、點燃的心願

雖然我喜歡拜拜，但是還不到走火入魔的境界；雖然我喜歡許願，也不曾貪心到非得請神明幫助我成真，許多事在人為的狀態，我還是寧可相信自己的實力多一些。所以，對於廟宇從不熱衷。然而，吃完臭豆腐，還是想去找一下戳章。老闆專程去隔壁打聽消息回來，指了一個方向：「往前走到盡頭，就看得到章印。」這趟旅行至今，我一個章印都沒有找到。我想起朋友拍到那張靈異味十足的照片，當作順便，好想回老街仔細研究一番。

我們沿著指示的路段，轉進一條小巷弄，幾輛機車零星放一旁，還有掛滿衣服的竹竿，應是一般住家。走到盡頭，我們果然回到了老街，只是並沒有看見老闆說的戳章，倒是剛才經過而沒有入內的廟宇，富麗堂皇的在眼前出現。持香的信徒們應該是今日見過最熱鬧的風景了。

原來這裡正是供奉粉絲眾多的「媽祖廟」。廟名是興隆宮，是經過烽火洗禮的老廟，延續迄今已有二百三十年的歲月，香火鼎盛是三峽區民眾主要的信仰中心，供奉主神是天上聖母俗稱媽祖，這樣的古蹟更是不可錯失的老街之寶。

童年時家中只有三個電視頻道，還是個外國節目不算多的年代，看完「小甜甜」、「庭院深深」之後，就愛上了「媽祖」古裝劇。媽祖娘娘慈悲為懷，在天災人禍考驗的人間，用盡全身的力量，拯救平民百姓。也在尋找助人方法的我，多欣賞那種勇氣。在這裡，意料之外的相遇，是巧合?是緣分?我壓印到唯一的三個戳章，正是在媽祖廟的櫃台，向廟方人員詢問而得來的。

剛走出廟宇，就看見門口的天爐，餘煙裊裊，那麼，就像這些信徒一樣的虔誠吧!拿出了三顆礦石，站在天爐前，順時針繞三圈，祈求一些正面的能量，焚香氣味的風，似有若無，香爐內，我看見愈燒愈短，參差不齊的香插得穩當，像一個個被點燃的心願。我安靜地想像它們背後動人的願望，將塗繪著怎樣的精彩故事。

為什麼三峽會讓我聯想到廟宇呢？因為地理人文與歷史都和神明有密切關係嗎？像是李梅樹先生學習藝術的動機，便是與廟宇樑柱上雕刻的木工彩繪圖騰息息相關。

文化的薰陶，有誰曾經想過竟會誕生出一個偉大的畫家？

「李梅樹紀念館」在此地並不遠，回家前，我們依照路標從容不迫地前往。也許是下班放學時間，路上的人潮漸漸聚攏，揹書包的學生情侶，或是一大群團體同學，大家微笑著自拍或合拍，他們很年輕，本來就應該如此飛揚啊！這並不陌生，青春一直都存在每種物體的生命之中，只是它會慢慢離去，我那離去的韶華也一樣啊，和這些學子的笑顏比較，絲毫並不遜色。

而長福橋的下方，整治河川的工程進行著，空氣裡機械聲隆隆地喧囂。我倚著橋樑向下方看去，此刻的水並不湍急，緩緩往低處流。颱起颱風或下起大雨，這條河會不會危機四伏？小時候欣賞鄉土故事「媽祖娘娘」，雖然在劇情中覺得不可思議，仍能感受到她的溫柔與慈悲，以及大自然反撲的可怕力量。

※之四、彩繪時光隧道

當我還沒來到「李梅樹紀念館」，社區警衛室外的招牌已經屹立不搖的宣布對外開放時間，只有週六與週日。我們在非假日拜訪，顯然選錯日子了。打道回府的途中，我一直在想李梅樹這個名字。我看過，也聽過，是的，在兒子的生活課本裡，我曾經閱讀用文字與圖片介紹他的生平與畫作。這個畫家是三峽在地人，家境優渥，所以從小便受到良好的教育，成年後在哥哥的支持下，飄洋過海去留學，一心一意朝藝術領域學習。他的才華透過畫作而彰顯出來，聲名大噪之後，他只是成為家喻戶曉的英雄，至於他的個性，並不因此變得驕傲或自大。身為本土藝術家，他一直默默為三峽付出，這可以從筆下的畫作看出，他的創作靈感大部份都來自三峽的山光水色或人文薈萃；這不正是對故鄉展現的一種情感與懷念嗎？

「戲水」這幅畫完成於一九七九年，構圖是以三峽大豹溪為背景的創作。水的流動栩栩如生，好像穿越三十多年的時空，把當年的溪流送到我面前一樣。

回家的路上，大豹溪的指標一閃而過，幾個彎轉過，車遇紅燈停下，路邊正賣著四季花草，井然有序排滿整個空間。並不昂貴，一株只要八元。

三峽常見的花草是什麼呢？小時候去外婆家，只認得水果樹，雖然有花也有草，感覺卻很一般，都是都市裡，路邊看得見的植物，並沒有特別留意。或許，李梅樹先生的畫作裡可以看出端倪，略知一二。

下次有機會我一定要專心瀏覽畫作，認識一下幾十年前的小鎮風光。

摩托車行經至橫溪路口，旁邊小馬路旁轉進去直行，便能抵達外婆家。很多年沒有回去了，聽說居住在馬路邊入口處不遠的姨丈，前些日子辦了告別式，這是生命的過程嗎？歲月只是不斷重頭來過，實現不同人事物的故事，排列著他們的生老病死，就像現在的我已是遲暮之年。我的記憶與嘆息就像含苞待放的花朵，在春風的呼喚下，一一甦醒。

好清晰的青春與童年，只能回味不能重複了。

信徒跪著祈求的願望，背後有著怎樣動人的故事？

長福橋上風景，幾處古色古香亭子被保存的良好，讓旅人疲憊的步伐，可以躲進去休息，感受片刻典雅的氛圍。

春天開始，元宵節的當天，我在三峽遇見一樹花影。非假日時好寂靜，空蕩蕩的廣場醞釀著風，天空的雲微微暈染著紅色、黃色與淡橘色的夕陽，像是新調好的油彩。

三峽，午後老街的沉默

❋ 之一、裊裊餘煙，春天的夢

那是在春天開始，元宵節當天安靜的午後，我和老公走過那條排列著懷舊矮樓的窄小街道，冷風有一些，但不太刺骨；陽光一大把，但不算悶炙，幾朵賽玫瑰，幾棵櫻花樹，很適合放鬆心情的散步。

路邊花草展現出春天的表情，搖曳節氣之美，雖然不是整棵樹都生氣盎然，鳥語花香卻已經流水般漫延開來。

走過長福橋向下的階梯，差不多兩分鐘的時間，聽見了稚嫩的笑語聲，轉頭便看見學生部隊，約莫小、中班年紀，由三個老師陪伴進入祖師廟，那雕刻出頗具藝術感的樑柱，上面爬滿著不知名的珍禽異獸，我從領隊老師口中聽得幾種神獸名稱，她就這樣介紹著，聆聽的孩子津津有味像裡面辦法會的信眾一樣地全神貫注。孩子與老師，都有善良的眼神，相由心生，他們的心靈，應是一瓣未染雜塵的潔淨吧？

我站著看了好一會兒，被這樣祥和的表情所吸引，孩子們是來自於附近的幼兒園嗎？也許距離很近又有地緣關係，便在園方安排下來到此地認識傳統文化。也許更嚮往溜滑梯，但這裡沒有這樣規畫的空間，那就認真逛逛廟宇吧。逛啊逛的，許多裊裊香煙在面前飛起來又消失了，孩子們不能明白大人的心願，看那小朋友轉身，用輕盈把腳步踩出無聲，一塵不染的個性，此刻如此無邪。

人潮在這裡，是流動的。雖然，幾十步路的街道外，就是平日冷清的三峽老街，一間比一間更寂寞的一樓店家，商品擺放出乏人問津的形象。但是，這裡是個心靈寄託的地方，捻香或誦經或擲筊的男男女女，溫柔地看著孩子們走過，完全不受打擾地繼續手上的動作。

❋之二、一樹花紅，春天的美

這裡是連接老街的廣場，三角湧派出所就在一旁，不遠處，櫻花開出一條路的輪廓。兩三年前曾經來過這裡，並未見到會開花的樹。是後來植栽的嗎？還是當時拜訪的季節不對？這些花盛開得令人充滿想像了。我目不轉睛盯著看，生活的本身既困難又辛苦，那麼，如果我們有美好的想像呢？會不會更熱愛城市生活？

於是，這些樹在誕生後不負眾望地開出了花，讓人們加深對城市的熱愛。所以心情低落，我會走出室外賞花。當你試著腳步放慢去看風景，並且記住身邊有哪些植物，發現美；發現樂趣，那麼，你才能在不愜意的生活中，找到放鬆的目標。我常這樣跟三個兒子說。他們在校園穿梭，偶爾會留意身邊的花——木瓜樹下的朱槿；操場邊列隊整齊的杜鵑花；盛開的羊蹄甲。放學回來兒子們會說起遇見的花影。

春天開始，元宵節的當天，我在三峽遇見一樹花影。非假日時好寂靜，空蕩蕩的廣場醞釀著風，天空的雲微微暈染著紅色、黃色與淡橘色的夕陽，像是新調好的油彩。

風吹時必然有花落，這一天的花卻不喪氣，只是美麗的飄墜，像一種堅強的個性。我知道，自己在這裡，與春天和平相處，溫柔地，聆聽落英繽紛的聲音，吹拂著，滿是花香的風。

眺望的淡水河口，確實感覺特別精緻，像縮小的地圖。聽不見水聲，在春天裡的奏鳴，只能看見遠方波濤，在退潮與漲潮之間，不斷沖刷著岩石。憑著遠方景色，似乎真有一點療癒效果。

遊走的姿態

想要居高臨下的眺望大台北，是我的計畫，寒流季節之後，和老公開始了摩托車週記。以前對「欲窮千里目」的印象就只能「更上一層樓」，因為旅行得留下印記戳章的關係，才知道遊客中心位在觀音山中高處的地理型態，真是意想不到。

「這麼高坐標的遊客中心，如果沒有理由，那就很奇怪，這種地點，不怕遊客找不到嗎？」必須經過一大片墓園的地點，為什麼這麼規劃，是我的疑惑。

「盤旋的老鷹，距離天空近一點，能看得更仔細；登山步道的延伸，也可以讓疲憊的行腳，有個歇足飲食之地，而不必非得下山。」我站在遊客中心的廣場，景色與簡介，啟發了我的心得。

觀音山大約有六條登山步道，最高峰硬漢嶺海拔六百一十六公尺，不但可以遠眺關渡平原，也可以在觀景台上觀察老鷹。這裡的生態物種很豐富，出現的日子得配合季節，這種原始的，在春夏秋冬之下安靜的活躍，就是純粹的大自然規律。許多這樣的規律，以瑰麗美景匯聚在一起，一年又一年，必然會讓人口耳相傳，使它成為嚮往的觀光勝地。

非假日的登山口集合了許多銀髮族，他們看起來年近半百卻都活力充沛，精神抖擻得一點也不輸給年輕人。這座山的忠實陪伴者，是不是這群粉絲呢？

難道美景真能有這樣的力量，能讓人踩出返老還童的身影？

眺望的淡水河口，確實感覺特別精緻，像縮小的地圖。聽不見水聲，在春天裡的奏鳴，只能看見遠方波濤，在退潮與漲潮之間，不斷沖刷著岩石。憑著遠方景色，似乎真有一點療癒效果。

更佳的療癒效果，應該是下山後找一處離河口最近的地方，走一走逛一逛。當我們來到八里，新建案的住戶不多，亂中有序的立在渡船頭邊。我想像一入夜，沒有入住的房屋如何黑暗，只有少數人家點起的燈火瑩瑩發亮，多麼寂寥？話雖如此，此處房價仍不便宜，因為看得到觀音山嗎？還是因為方便搭船？這兩種念頭都不需要的人們，會不會還是選擇交通方便的台北市呢？

我並沒有看見因遷移而出現的候鳥，寬廣無邊的天空，是有幾朵雲輕盈飄過的。我們散步天空下的道路，看見店裡現煮海鮮的中年女人，快炒著爆香的鮮蝦，接著將晶亮的熟透紅蝦盛入盤中，裝潢幾葉九層塔，快炒活蝦就這麼上桌了。

九層塔的色澤讓我聯想起觀音山綠意盎然的樹林間，台灣海峽的活跳蝦大火乾炒，並沒有煮在九層塔裡，而是直接鋪在下面，保留葉子的嫩綠。蝦子，彷彿以花的姿態，盛開在一座

觀音山遊客中心的旗幟與指標。

九層塔山脈。我們沒有點餐，只是經過，來到八里河畔看旅人的微笑與從容。

這已經有百年以上歷史的生態，在我的眼中靠近，潺潺流動的淡水河，岸邊的招潮蟹正在玩沙，馬路上自行車玩家全副武裝的陣仗，架勢十足的在風中奔馳著。

渡船頭沿岸，有許多可愛的飾品店，我們轉進了充滿樸實的下午茶飲店，狹窄的巷弄口，木質牆壁上掛吊著鮮豔的花草，風雨斜斜的飄過來，花草像跳了舞一樣的搖擺。在這裡以窗為景的點杯咖啡，看看人間遊走的姿態，浪漫，是否可以消磨整個午後時光？

我們一步步自歷史的山林中走來，說起光緒皇帝的癡情與軟弱；說起民不聊生的煙硝大地；說著說著，有一種人事已非的嘆息。想起李白的兩句詩：「今人不見古時月，今月曾經照古人。」人間再怎麼悲苦，倒也傳承千萬年了呀！

我在觀音山上

❈ 之一、山上迷途的景色

我和老公前往觀音山遊客中心，路況不熟仍是長途跋涉，兩人迷路得很開心，直到路標出現。遠離市區，乾燥悶熱的空氣一上山就涼爽了，少了焚風的炙熱烘烤，很適合在樹下綁個吊床午眠。

老公坐在前方騎著摩托車，放慢速度，小心翼翼地繞過彎道，時不時的回過頭來試探地問：「真的是這裡嗎？人煙罕至，又有一大片墓園，方向沒有錯吧？妳知道接下來怎麼走嗎？」停了一下，他問了一句重點：「妳為什麼想來？」

我搖搖頭，回答他：「不知道。」

是因為戳章與遊客中心都存在於山上嗎？被許多綠樹層層環繞著，有一種雲遊四海的印記與滿足？還是因為五股距離台北遙遙遠遠，讓人萌生好奇？曾經有名嘴在電視上大談房市，閒話家常般的說：「住在淡水的朋友向彼岸望去是一片漆黑，結果到了五股八里望向淡水，反而細微燈火整片璀璨，你們說是不是很有意思？」

我對淡水的熟悉感，也與「水岸景觀」這一類遼闊視野有關。曾經的房屋廣告，主打窗景的碧海藍天，那樣心曠神怡；當時還沒完全開發的八里，渡船頭吹著淡水河口的風，濃烈而原始的漁村味，彰顯廣告裡，淡水房屋的價值。多年後跳過淡水，經過八里來到五股，一邊是高聳的百年樹林，一邊是井然有序的墓園區，老公輕聲嘆息：「方向對嗎？」我也跟著沮喪：「樹裡尋它千百度，驀然回首，通通不在陽光燦爛處。」苦中作樂般，順便吟詠一首小詩。

兩個台北中年人，從容不迫騎車在觀音山半路上，用言語提醒著彼此可能走錯路，不禁有些黯然神傷，心中莫名的失落著，開始猶豫著要不要找人問路？

有人在此泡茶聊天，談笑風生；也有人在此爬山，登高望遠。

五股，總會聯想工業區的地名，同時是一個存在太多老鷹與花香的地方。

我來到此，只想為旅行的足踝，蓋一頁人生的印記。

❋ 之二、從此處望去

觀音山遊客中心到了。

我們從停車場走來，拾階而上，抬頭可見三面旗幟在高空中，迎風飄揚。像學生時代升好旗朝會的盛況。它們隨著空氣的流動而搖擺：「國旗在飛揚，聲威浩壯，我們在成功領上……」聽覺神經擠進這幾句歌詞，雖然其中有一面是青天白日滿地紅的國旗，但我不在成功嶺上。舉起平板，我用相機模式向遠方飄揚的曲線致意。然後關上平板交給老公說：「你先拿著，我去遊客中心了。」深深吸一口氣，我邁步進屋。

佈置簡約的遊客中心，架設著觀音山模型，一座山林濃縮中仍處處可見生命力，櫥窗內一片綠瑩瑩地，供遊客瀏覽。四、五月是老鷹季，不知濃縮的模型裡可有老鷹振翅嗎？

置身在遊客中心旁，登山客嚮往的步道上，往淡水河口看去，仍能見到一尾尾跳出水面的鯨豚？定睛一看，原來是一艘艘漁船渡輪，在乘風破浪中準備出航。

觀音步道可眺望的美景值得無窮回味，因為平地遠眺機會不多，高山景色便十分珍貴。

季節對了的時候，杜鵑和櫻花會在沿途，自在的綻放著。五月的山中，花影所見不多，只有葉子的清香，從樹林間吹來。我們騎車下山，去參觀寺廟之美。好像在局部整修，走進門口不遠，便看見拉起的封鎖線。與陽光交談的古蹟，在歷史塵埃中睡去，在現代施工裡醒來，這座山存活了多少年，才能見證滄海桑田的歲月?曾經，在廟宇的祭拜，看見五十年前的扁額，已是欣喜若狂，一步步走進戰火後的遺址，簡直是加入一場派對了。

相傳光緒年間，劉銘傳派兵剿平匪徒，一舉進攻來到觀音山，此處慈悲的神明就是「心靈寄託」，清朝士兵在敵人的手腳上綁繩索，以防止拘捕的人犯逃脫。我想像著端坐殿堂的神明，不能相救也無法阻止，當兩敗俱傷的鮮血染紅了蔥鬱的山林，這些身為心靈寄託的神明，如何在感受到民眾的痛苦與絕望之中，用樹林香氣傳遞祂們的惆悵與極度悲傷？

那時候的空氣，必然是香得落寞而寂寥了。

腳上的帆布鞋已經踩踏了很多下，依舊不夠軟，磨破皮的細胞組織鮮血淋漓，或許是不甘心，在人們所需時亮麗登場，卻在功成身退後遭到遺忘。無論我如何調整腳的姿態，都舒緩不了神經的緊繃與疼痛，乾脆收起玩心回家去，總有些緣份是意料之外的，有悲傷也有幸福，我們才能在人生旅途中，燃燒精采。

回程時，車自八里轉入淡水，觀音山被遠遠的拋在背後了。我和老公提前下山，待在山上的時間雖然是交通行程的一半，卻完整留下腳踏實地的足跡。我們一步步自歷史的山林中走來，說起光緒皇帝的癡情與軟弱；說起民不聊生的煙硝大地；說著說著，有一種人事已非的嘆息。想起李白的兩句詩：「今人不見古時月，今月曾經照古人。」人間再怎麼悲苦，倒也傳承千萬年了呀！

行經市中心的十字路口，我們遇紅燈停下來，一架飛機輕巧地從頭上天空越過。我們來到松山機場附近了嗎？這麼近的距離，彷彿能感受到機翼掃過空氣帶來的風力，還有那刺耳的引擎聲。

萬華區的範圍還沒抵達，眼前揚起一陣陣的煙塵，身體的倦意向四肢蔓延，元氣像被風吹了去，一點也提不起勁。

回到家，枕頭是我接下來想爬的一座山了。

緊繫著往事的苦澀與回甘啊，它牽動著壺蓋與壺把，不斷沖泡，更新茶葉，這不就是人生悲喜無常的味道嗎？

剝皮寮的魅力

❄之一、改變味覺去探索

住在萬華多年，很少去認識「萬華區」鄉土古蹟的歷史由來。這真是個復古典雅，充滿懷舊的台北城市。儘管決定了拜訪一趟古蹟地理，我這個不喜歡照本宣張的人，還是希望隨心所欲地隨意走。就像是煮著紅豆湯圓，卻猶豫要不要放棄砂糖改加鹽巴，再加點太白粉勾芡。

那一天，我把龍山寺當鹽巴，剝皮寮就是濃稠有香氣的勾芡。

初次聽聞剝皮寮，是那個能言善道的兒子從課堂上放學回家對我說：「妳去過剝皮寮嗎？」我搖搖頭，兒子說：「這樣啊……」

我聆聽著，他最近參加了一場校外教學，心得報告如火如荼的在班上舉行，必定有千言萬語要分享，要對我說，就像我比別人早一步踏上異鄉土地，亮著眼神滿心炫耀，總是沾沾自喜，務必要達到感染的效果，讓聆聽的人恨不得馬上出發。但是，兒子只是淡然的說：「這樣啊……」

然後呢？

「好玩嗎？」我興高采烈的想套出下一句話：「是好玩的地方嗎？」

「嗯……還算不錯啊。」

這些欲言又止的言語，像一則則等待被挖掘的秘密，開始日以繼夜呼喚似的引誘我。

❅ 之二、本日公休

到剝皮寮順便蓋章去，是我在上網查詢資料時，意外的發現。

古色古香的屋子伴著現代化招牌佇立，公益彩券，光芒醒目。剝皮寮像個從歷史走出的屋子，紅磚瓦砌高的矗立在初春的陽光下，準備進入參觀的人潮並不多，男女老幼，只停留在門口拍照。

我被大門深鎖旁的木頭材質立牌吸引了注意，它的設計古樸懷舊，像是見證了戰火無情那樣的，充滿嘆息，又像是在暗示我，本日到此一遊，要學習愈挫愈勇的智慧和毅力。我看著本日公休的告示牌，欲哭無淚的強打起精神。

這一次，我剛好選在週一，熱情的休假日，我只能和男女老幼一樣，被阻隔在外，安安靜靜的拍照。

公共空間的展示，是在週一休息，這時候自然是進不去的了。可是，沿途還是有歡迎光臨的商家燈火通明，整條街道依然熱鬧，與紅磚瓦比鄰而居，有幾家販賣著味道相同的古玩物，純手工的，燒茶壺組，連外表也是用古老的大地色及墨彩去上釉製成的。茶壺組就是長輩沖泡茶葉的陶器，它的形狀與墨硯，小巧有禪意，由許多可愛的小杯子組成一個集團。有朋自遠方來，可以派它上場；親戚間小聚，閒話家常地聊起國家大事，它都是好陪伴，不斷沖泡著，換著茶葉。

這個初春，我正在目不轉睛的觀賞，研究風水節目，一個教導大家擺出吉祥方位的頻道。主持人拿起陶壺，細紅的棉線蠱惑我的靈魂，那棉線熟悉存留在心底，從沉甸甸轉為輕飄飄。童年，父親的壺把上也綁著紅線，像月老繫住男女感情那樣牢牢地，壺把也緊繫著壺蓋，單單一只壺，在裡面放用水煮過的銅板，找出財位安置好，財運便有加分作用，主持人手中的陶壺被拍下特寫，那個特寫被放大了。

那放大的色澤鮮豔了我心裡的棉線，緊繫著往事的苦澀與回甘啊，它牽動著壺蓋與壺把，不斷沖泡，更新茶葉，這不就是人生悲喜無常的味道嗎？

我站在萬華區陶藝品店外，看著展示區內小巧有品味的陶壺，想起很小很小見識過父親泡茶的功夫，其實茶葉沖入熱水，漫溢芬芳，如今，歲月的更迭已經讓泡茶過程都省略了，保特瓶內的烏龍茶，還有其他加糖的口味，像是工作壓力大忙碌的上班族，苦澀的生活裡來瓶有甜度的茶飲補充水份提起精神，再踏出下一個步伐。

我買了陶藝品店旁的餛飩麵，純手工的，小時候都吃這種餛飩湯麵，熱騰騰的高湯，淹著細皮嫩肉的餛飩，便是童年吃麵的滋味。站在非假日的長廊等待，看著暖暖陽光灑落的風中，似有若無的佛經聲琅琅。麵煮好，我提著外帶的餛飩麵，也跟隨旅人的腳步，離開休館的剝皮寮。

※之三、鐵支路往日情懷

雖然我喜歡旅行，卻還沒抵達到雲遊四海的境界；雖然我喜歡看展覽，卻還沒奢想當個端莊優雅的淑女，所以，對於展覽總是走馬看花。然而，週一休館，充滿毅力的我只好規畫兩天後，再去剝皮寮一趟。只因兒子說過，那地方，還算是不錯啊。

再度重複一段路，來到剝皮寮，天氣比前兩天陰霾，幾番轉折，我來到展示區。像簡易大廳那樣的正門口，坐著一男一女的志工服務員，是的，是入口沒錯。像辦公室老師那樣，桌上擺放著井然有序的資料供遊客索取，資料的顏色齊全，像百花齊放。原來，這裡二樓有短期特展，現正開放中。我迷戀特展，因為展期不長，專屬的紀念章就愈發珍貴。透過志工服務員的解說，知道每個戳章設計款式都不同，於是我帶著期待驚喜的精神，到展示區蒐集戳印。也正在蒐集我的旅行足跡，多愛那種象徵步伐的印記，想不到，竟可以在這裡遇見了奇形怪狀的圖騰。哪個旅人不留紀念？哪個旅人不對回憶著迷？怪不得看到的戳章與墨印都是這樣陳舊與斑駁。

剛壓印完一個戳章，卻看見紙上只浮現一個隱約的輪廓，以及輪廓內不清不楚到幾乎空白的形體，原來是印泥沒水，試了幾次，深藍的印台乾燥，已經施力了，顏色還是欲振乏力，我想樣，如果它是一片海，那麼，此刻就像是奔跑在沙灘上一樣的，我馬不停蹄立刻奔跑去尋找志工服務員。來到了剛才的資料顏色多到像百花齊放的門口說明來意，正門口也有印台與印章，安靜的被擺放在一旁。志工阿姨同意我們移動其他區域的印章到此使用有水的印台，再物歸原處。遺憾的是，此處印台一樣乾乾燥燥，散發的味道像吞吐著熱帶型季節的風，這可不是好預兆，彷彿象徵著整區的印台可能都得好好「灌溉一番」。

為什麼印台這麼多卻都沒水呢？因為前來參觀的遊客大都不會錯過蓋下這個代表自己曾經到此一遊的戳章。「也有可能是印章表面糊了，蓋不清楚。」阿姨志工說：「戳章日復一日用了十多年，可能加深了模糊感，我全館去補水，如果章印還是蓋不清楚，就不是水的問題了。妳先參觀，二樓的特展區千萬別錯過，印章是全新的，會比較清楚，不同於一樓，特展日期一過，就會撤掉……」

我聽了她的話，先四處逛逛再去蓋章。迎面吹來的風透著寒意，前兩天撲空的日子，也是吹著寒風，只是，那天有陽光……陽光，念頭才剛浮現陽光，風夾帶的味道，立刻送來了隱約的雨絲。推著嬰兒車的一家三口，逆風而行，消失在今日我眼中陰霾天空下的遠方。

「鐵支路往日情懷」是這一次展出的主題之一，展示區的牆壁上佈置了不同車站的影像；黑白背景中的三輪車，很古老。展示區內有玻璃櫥窗，立著火車與人物的模型。非假日參觀人潮不多，只有我與老公兩個人，踩在乾淨的木板上，就像是走在自己家裡，說話或者微笑，沒有閒雜人等干擾，只有一個大叔穿著志工背心，坐在角落，已是遲暮的年紀，和牆上懸掛的影像一起，竟成為巧妙的映照。

而紀念章處擺放著鐵路明信片，只有一種，是幾十年前的北投車站圖案。大叔志工說明信片可以索取，我便把裝著車站的舊時北投影像放入背包。飲水思源，搭乘現代化交通工具，我總會緬懷往昔歲月，感恩貧苦匱乏的年代，成就今日堅強的自己。

可以的話，好想搭乘時光列車，回到從前、抵達未來。

❈ 之四、會吐血的印台

我來到另一個展覽區，內部展示著新鮮藥草，連抓藥的櫃檯都整組呈現，彷彿我走入的是一家正在營業的中藥行。我總覺得裡面的裝潢與現代中藥行並無太大落差，倒是獨立展示的碾碎藥草工具比較古老，令我好奇。從前的人很有智慧呢，沒有多樣化的求知環境，仍能研發出方便的切割器皿，也真是算得上厲害的了。同時，牆壁的中醫資料也介紹「百年歷史」的中藥行，這間樣品屋，是不是照片裡中藥行的分身呢？

中藥行位於艋舺，不但是百年以上的老店，也是全台北市最古老的中藥行。童年常看見中風的爺爺被家人帶去把脈，有沒有求助於這家藥材店的名醫治療呢？爺爺行動不便的畫面忽然在眼前，清晰了模糊，模糊又清晰，原來是自己的淚水，不知不覺地已經盈滿眼眶。

爺爺在病中煎熬就醫代價最高的那段歲月，奶奶動不動就問他一句話：「怎麼不去死一死？」這句話固然說的無情，卻也直感的說出了經濟困頓的無奈與壓力。當吃藥的時刻來臨之前，藥草的氣息也就升華到最高點，母親寧願捏著鼻子煎出中藥，也不中斷。她按照時間，每天勤勞地烹煮中藥給爺爺喝，她是嫁進來的媳婦，卻時時刻刻注意他的作息，像女兒一樣，悉心照料。至於生病的爺爺，雖然有妻兒陪伴，卻在旁大的冷落與譏諷中，日漸憂鬱，燃不起對生命的熱情。

當爺爺的病情一蹶不振，母親只是更賣力的做家庭代工，因為這個大家庭需要她的力量，來補貼。她有一個好吃懶做的丈夫啊，又要照顧五個孩子與體弱多病的公公。也是在那個時候，她認識到自己可以樂天知命，知道只要生活中處處都能甘於淡泊，壓力大也可以過得很快樂。

「不要結婚」這四個字忽然在腦袋裡橫衝直撞，是的，成長的歲月中對這句話並不陌生，那時爺爺已經去世多年了，母親省吃儉用要給我們當學費的私房錢，全被父親花光，引起了巨大震撼。她認為我們可以一樣的自給自足，少了婚姻牽絆，才能更加自由自在。

我看看身邊的老公，如果沒有婚姻，今日會是誰與我一起抵達剝皮寮？老公打開了印台：「補充水份了，蓋蓋看吧。」我望著他心裡想著，沒有婚姻或許自在，但有婚姻的生活也不見得不會幸福。我蓋下一個紀念戳章，水過多，渲染擴大了範圍，連手指頭也染藍。一圈一圈的，像吐出藍色的血。

之後使用印台，我都提醒自己小心翼翼，可是，防不勝防，幾乎每一個都像漲潮一般的容易「倒灌」，怎麼回事，這裡的印台都在吐血嗎？轉身之間，我發現老公正用袖子擦拭蓋章筆記本表面渲染的藍墨水。一直以來，他都是這樣默默付出吧？他與父親不同，有耐心，我想起每一次看醫師，他也是以安靜的姿態，沒有怨言的陪伴我到最後。

細雨微微斜飛，我們踏上回家之路，風吹得更冷，這應該是正常的溫度吧，關於春天？回家後我要吞服一包中醫師為我量身訂做的科學中藥，知道它能帶給我健康。

一本筆記，一頁章戳，

是我人生歷史的記錄。

歷史街區的時空

＊之一、她們也愛戳章嗎？

我記得第一次去剝皮寮歷史街區，是在陰晴不定的三月初，週一休館的閉門羹告訴我，下一次不論去到哪裡，都要打聽清楚再前往。然後，聽朋友說是有固定的展示與不定期的展覽。我上網簡單瀏覽，網路說可以帶著筆記本在紅磚瓦中穿梭，壓印主題的章戳。我的興趣忽然來了，不是展示；不是展覽，而是筆記本加上戳章。

是的，一本筆記，一頁章戳，是我人生歷史的記錄。

一年前我曾在新北市的淡水老街，蓋了幾枚可愛圖騰的紀念章，有些是景點，有些是名產，我熟練的壓印，暈開印泥的潮潤色澤，飽滿的透進紙中。我曾經將這段回憶寫成散文，看過的人以為我要表達的是「集章冊」，只有我自己知道，在那次淡水老街一日遊之前，我很認真地計畫策略，既然是策略，當然是「集章策」啦！我將這樣的過程擬定標題為「淡水集章策」，只是沒有人知道我的用心良苦，還以為我寫錯字呢！而我配合度也挺高的，沒有多做反駁。當散文出版成書籍校對的時候，我甚至同意把「集章策」改為「集章冊」。不過就是由策略變更為冊子，我覺得無傷大雅，這樣的結果，一樣很美好。

發現剝皮寮可以蓋章戳，我馬上決定春日行程的第一站，就是剝皮寮了，聽起來有歲月的悲喜。

有一個喜歡拍照的朋友去過幾次剝皮寮，他告訴我那裡的街道「很有特色」，接著問我最想去認識什麼？我說想帶筆記本去蓋章，看看有哪些圖案，順便逛一逛附近的店家，有沒有旗袍店……「就這樣？」朋友覺得我放錯重點的樣子。「當然啦！我知道那裡有限時特展，有時間我也會去看一看的。」朋友給了我一個大拇指做為結論，「這樣才對」應該是他想說而沒有說出口的話。

真令人困惑，我的確是為了筆記本和紀念戳章才想到去剝皮寮，為什麼沒有人相信呢？

週一休館的閉門羹讓我愈挫愈勇，勇氣拾起信心的時刻，我一步步絲毫不猶豫的向前走，唯一讓腳步因遲疑的停下，就是在騎樓欣賞陶壺茶具的那幾分鐘，古色古香，科技現代感都消失，宛如穿越時空。我轉身望向對街，剝皮寮快到了嗎？

龍山寺站是旅人以捷運或公車等大眾運輸代步到剝皮寮下車的其中一個站名，除了逛逛特展，還可以拜拜祈福，在歷經舟車勞頓只有公車計程車……等的九零年代，覺得捷運的發明讓人充滿感激。

當我成功進入廣州街，是在週二午後，沒有都更的房舍與街道，被保存的良好，像個可愛的模型，散步其中感受懷舊的氣息，不一會兒功夫，剝皮寮歷史街區出入口就到了。重新整修的一部分裝潢典雅，明亮潔淨，有些展區還有語音導覽，說著百年前的風華，故事代代相傳，等待人們聆聽後吐出的驚訝與嘆息。我也隨著導覽指引方向前進穿梭，平日的人潮不多，除了志工們熱情的談笑聲，多數時間都是寂寥，安靜到讓人忍不住打起呵欠來，有一剎那間以為自己來到鄉野。除了空曠，還有小小的驚奇，不是都說台北市人潮洶湧，觀光客眾多的嗎？我蓋下第一個章印，不必排隊，無須等待，站在沒有其他遊客的空間，頓時，我覺得心靈好放鬆。

我曾在紅磚瓦的騎樓遇見三、五個日本老婦人，她們看起來像是自由行的一群好朋友們，用著中日文混合的語言攔下我，雖然荒腔走板，但從她們勉強擠出剝皮寮三個字的口中，大概知道她們在問路。我留意到婦人手中的地圖與冊子，她也喜歡蓋章嗎？在這棟見證過戰火的建築物穿梭，尋找章戳留下自己的印記。也在旅途中留下人生回憶的我，多愛那種印記的證明。

蓋一蓋，地圖的征服會蔓延幾處範圍。

我指指前方，告訴她們剝皮寮歷史街區的方向。日本人真的很有禮貌，擦肩而過了，仍能聽見她們的道謝與笑聲。

❄ 之二、百年的西城夢

再一次拜訪剝皮寮歷史街區是在二〇一八年，二月份剛好趕上夢・行西城的特展。幾位大學生般年紀的服務人員站在門口，見到我們笑容可掬的說：「歡迎光臨。」一走進入口像散步在時光隧道，燈光掩映下，許多展示物素樸，一台獨立的留聲機在內部以花朵的樣式昂揚。木製的傢俱桌椅，櫃子上擺放著一台笨重的留聲機，早期的留聲機貴不貴？連續劇裡的留聲機都是富商名媛在享受，不管是內地拍攝還是台灣製片，螢幕裡，美輪美奐有洋酒櫃後方牆上，掛著金黃擺鐘，時鐘和留聲機一樣，看起來就像是上流社會的玩物。

留聲機展示在一處昏黃燈影下，整個空間古老黯淡，彷彿是一條星星打烊的銀河。每個空間各有特色，大都是照片，是台北城的一九三〇年。寬寬窄窄的城鎮，鎮上中叫賣的男女老百姓，即使在斑駁照片裡仍散發堅強的謀生意志。

那些穿著長袍布衣的小販，眉頭深鎖，憂愁的氣息扭曲了五官，每張望著鏡頭的臉都沒有笑容，是因為戰火下的生離死別讓他們不快樂嗎？還是照片材質經不起歲月的考驗，經年累月的侵蝕使他們在相片紙中改變了模樣？

白底揮毫幾個字被高高掛起，依稀認出兩個字——以南，是洪以南先生的文墨嗎？展區裡有一個矮桌，放著四個紀念戳章，壓印出的圖騰之中，我看見洪以南先生的肖像，慈眉善目流露出文人涵養。百年前的西城夢啊！那一刻，我看不見現代繁榮，只看見上一個世紀的城市軌跡。

我站在照片前，看著這照片裡的風景，宛如一條歲月之河，文人雅士乘船而來，又乘船而去，當他們生平事蹟重現江湖，也像一台留聲機，在每一次登場的時刻，是否都有著悠揚一曲的夢想？

當起觀光客最害怕的就是飢腸轆轆，即使是路邊攤，價格也很驚人的。參觀完夢・行西城特展，我從展區走出，在路邊買下一份雞蛋糕，五十元，裡面只有十個，小小的模樣像一口香腸那樣袖珍。

我和同行的姪女選一處地方，也算剝皮寮歷史街區的入口外側，安靜地坐下。吹著冷冷的風，一口接一口吃著雞蛋糕，並看著來來往往的行人，走在現代與歷史的出入口。

再次拜訪剝皮寮歷史街區，正好趕上夢・行西城的特展。

曾經是處決犯人的刑場，在近年政府的規劃下，植栽出幾萬株花苗。花香可以淹沒歷史的鮮血嗎？放眼望去，土丘旁開出了整片的萬壽菊，搖曳著寂寞。

站在馬場町，嘆息

❄之一、到馬場町找花

連續下了幾天的雨，經歷了濕冷霉味，終於站在這裡，馬場町公園的紀念碑前。剛剛一路走來，吹了不少風，樹枝起伏在空氣中，落下大大小小的葉子，像走過一個秋天，只是，這並不是凋零的季節。

是春天，萬紫千紅的季節，許多樹卻仍是光禿禿的。或許有一條銜接關渡與碧潭的自行車步道，台北人休閒放鬆，便多了一個好去處，除了工程車可以開進來，步道內，就只剩下騎自行車與散步的旅人可以穿梭其中，因此，河岸有著一種深幽與寧靜。紀念碑土丘尚未出現前，彷彿行走於草原之間，鼻中嗅到的都是青草香氣，隱隱約約的。

人工苗圃，居住很多彩色糖果般鮮豔的花，是動物們玩耍的棲息之地，遊客們一朵一朵的觀察著，觀察的時候，心也就一點一點的靜下來了。為了鳥禽健康，禁止餵食與觸摸，行走得保持安全距離。剩下的只有欣賞這件事，心靈應該可以聚精會神一點吧。

我的左邊是河岸，右邊是樹木草皮。

我們隨著幾輛騎腳踏車的男女，鬆弛而緩慢的，沿岸而行，不知道走到哪一段，前方有三三兩兩幾位遊客站在廣場上，望向天際、雲端，手中握著玩具飛機遙控器或風箏線的年輕人，駕馭如水手那樣的，嫻熟掌握方向。

空曠是否真的有那樣的好處，可以實踐旅人壓抑已久的快樂？

❋之二、河岸的水與歷史的紀念

馬場町紀念碑，有一座土丘，土丘埋葬的是槍決犯，白色恐怖，是幾十年前台灣的歷史，也是台灣政治的血淚見證，據說槍決犯人後因為會在地上留下血跡，便用泥土一層一層的掩蓋，形成今日的土丘。現在，新生了矮小的花草。

曾經是處決犯人的刑場，在近年政府的規劃下，植栽出幾萬株花苗。花香可以淹沒歷史的鮮血嗎？放眼望去，土丘旁開出了整片的萬壽菊，搖曳著寂寞。我站在土丘前低頭哀悼，希望逝去的英靈得到安息。

這些年政府花大筆預算整頓，公園更親民了，植栽著四季的花卉。即使是季節性花卉，也能在溫度的流轉中，接棒著盛開，使得美不勝收的花海，得以延續。花開花謝，於是，幾萬株的花在一年中生生不息。

當我們走近新店溪，可以看見草叢裡垂釣的人，安靜坐著，浮標在水面上漂浮，等待著願者上鉤。

「水看起來並不髒，但是，真的乾淨嗎？」我問。「妳沒聞到臭水溝的味道嗎？」老公皺著眉頭回答。我點點頭表示聞到了，在這微風徐徐的空氣裡，飄浮著一股腐敗的味道，水乾淨不乾淨？答案呼之欲出，我居然會傻到去提問。

鳥禽與人類和平相處在同一個空間，但，必須保持安全距離。「請勿觸摸、餵食」。還沒來到雁鴨公園，已經看見提醒遊客的告示牌。

水面忽然引起一陣騷動，原來有幾隻大型候鳥振翅拍打而飛濺起，水花的聲音，從淺水區啟程飛向水中央，成為一種漂亮的規模，迎接牠們降落的是茂密的草叢，就像是作戰的士兵，隱藏自己的行蹤，伺機而動。我看得有些出神，當牠們低空掠過，影子倒映在水面上，彷彿兩個世界的相遇，將會開啟宇宙的大門，解出怎樣的密碼？候鳥會沉入水底再浮上來回到岸邊嗎？兩個世界的相遇，會在我的面前發生嗎？

「妳不拍照嗎？」老公走到我身邊，好奇的問。回過神，我拿起相機，但是事情發生的太快，按下快門時，一隻鳥也沒看到。

都結束了，風景回歸靜寂。

我放慢腳步繼續向前行，來到了馬場町紀念碑，網路資料說此地有向日葵。我認真的一朵數過一朵，事情變複雜了，不管怎麼數，就是不見向日葵。我拿起相機跟隨日落的光影，拍花。不知道哪來的鳥鳴，聲勢浩大而悅耳，還沒找到答案，花叢間已不平靜，只見風像長出雙手，撥開矮小花葉後，一尾又一尾的麻雀騰空飛起，瞬間，一大群的鳥萬箭齊發而去，停在遠方的樹梢，比候鳥還壯觀的隊伍啊，我久久沒回過神。

馬場町土丘紀念碑，就在麻雀藏匿的花海邊，我站立著，在那哀悼的時光裡，分與秒彷彿靜止了，內心被某種力量所充滿，感覺一種安詳。那些曾經的憤恨不平，我是否可以一笑置之？像歷史塵埃那樣的，緩緩沉澱。

轉過身離開廣場，實踐的快樂依然是無法久長的，我沒有情緒的遙控器，不能如同水手的嫻熟，無法掌握快樂的方向，有喜有悲，像眼前的日落，喜悅過後，終將抵達萬籟俱寂的感傷啊。

回首再望一眼，歷史的煙硝淹沒在萬壽菊花開的地方，我心中暗自祈禱與祝福，往日的與今日的。

都能美好幸福。

風中雨中春日中，馬場町的萬壽菊，搖曳著寂寞。

我左手邊的河岸，並不熱鬧，只偶爾有腳踏車，三三兩兩地經過。

三月雨後，杜鵑花整齊開放在老公站立的路邊。

青年公園尋蝶蹤

＊之一、不來了嗎？

攝氏十三度的低溫，上午十一點五十分的青年公園苗圃區，我在等候著蝴蝶從放晴的天際線飛來。

這雨，從昨天半夜開始下，雨水在窗台敲打一小節又一小節的交響樂。這麼大的雨，會不會淹水？會不會造成世界末日？許許多多杞人憂天成形，像窗台的雨，敲打我脆弱的心靈。

「蝴蝶不來了嗎？」我在心裡問著自己，像夢的口音。

「會來的吧。」我再度自言自語：「這裡可是苗圃啊！」

同行的老公坐在一旁的木頭矮椅上，還特別東張西望幫我留意好看的景色與風光，接著起身告訴我，他在前方等我，慢慢來沒關係。我明白他的好意，挪了挪腳步，希望拍到蝴蝶的地方，可以距離他更近一些。

三月雨後，杜鵑花整齊開放在老公站立的路邊。

十二點零五分，依然沒有蝴蝶的蹤跡。這一次，我的挑戰攝影——會飛昆蟲之技巧肯定敗興而歸，蝴蝶若不來，就少了一樣主角，沒有絢麗翅膀的點綴，接下來陰天會走入單調的黃昏，我所有的照片會降低美麗。早知道會有這樣的挫折，應該直接去池塘拍魚。

但是，雨後掛著水珠的花與葉是那樣清涼潔淨，就算蝴蝶真的忘了來，就算我的悲觀成了真，這趟青年公園尋蝶攝影，依然那樣美好。

❋ 之二、簡單功能，拍出回憶的味

打從戀上攝影這件事，我的人生再不乏味。

十幾歲時，頭一次和姐姐到書局閒逛，貼紙區展示了各國四季風景的書籤，學生們興高采烈的去結帳，我和姐姐聽說每張五元，只好默默走出店家，回家念書了。

之後放學時間，只要一有空，我便往書局前進，帶著省吃儉用的存款選購，透過書卡的圖樣，無意間，開啟這一種攝影經驗，才出人意料的學起拍照了。

第一台相機是客人送給爸爸的禮物，沒有日期顯示的全自動設計。還沒有預算的父親，某次開完計程車帶回來。黑色外殼傻瓜相機，底片形式的，拍山拍海拍夕陽，技術差沒關係，寫日記時用剛剛好。閃光燈的使用，雨夜裡的月亮還能拍得燦美，這樣的樂趣吸引了我。

相機的功能其實很簡單，看不懂的按鍵裝置一個都沒有。只是，在夏日雨中，撐著傘，找了半小時的蝶，感覺連花朵都要融化了，快門忽然按下，釋放出一閃而逝的光亮，雨中沐浴的一棵桑樹，落了一地殘葉。連果實都來不及品嚐，卻在照片洗出的剎那間，嗅到了果實噴發濃澀的隱約酸甜。

瀏覽相片之後，我一個人靜靜地陶醉在畫面中，笑容微微地漾開了，象徵回憶的畫面，宛如無數細小的火柴燃亮身體每一吋，使人溫馨，只要看著回味旅行的片段，那些細火聚攏，變成了舒適的被窩的軟熱，令人放鬆。照片放進相簿裡，整個人便不怕遺忘，記憶走失，像一個存錢筒封儲，所有的印象都長久了。

自此「一路狂拍」我成為上癮者，尤其政府這幾年編列預算大興土木植栽許多花苗，公園於是百花齊放，來此處又豈能輕易錯過。

從陽明山到社子島；從野柳到太湖；從大安森林到大佳河濱。公園遊客全家和樂的互動；爬上爬下親人的松鼠；振翅欲飛的麻雀與鴿子；色彩斑斕的花朵與蝴蝶，都是構圖的好選擇。

我曾在登上陽明山眺望日落的古道時，大大地吃驚了，那是招搖在峭壁上的芒草浪，就像是「口是心非」裡張雨生站在夕陽色芒草或是蘆葦的泥地，分秒間草浪不停搖擺的聲勢浩大，天空與草色，像要淹沒一個人。

我喜歡望向更遠的地方，看看盡頭處那些像小螞蟻一樣的人影。我也曾在九份拍過照之後，來來回回重複爬著樓梯，想像日本卡通「神隱少女」的背景，那些迂迴的巷道與石板地，燈籠典雅的掛在屋簷下，點綴這山城的古樸。

❋之三、沒有蝶的花

靠近十二點的青年公園，雨絲斷斷續續飄墜，風中的花朵有些騷動，我等待的蝴蝶沒有來。轉向一朵花，按下快門，冷雨掛滿花葉間，雨勢尚未滂沱，水珠已經聚攏擴大了。我看著身邊的一排紅杜鵑，揣測這場雨過後，將會飄落多少花？

三月，花朵不畏寒冷似地盛開，開出春天的顏色。

我很喜歡路邊小小的花朵，亂中有序的排列，就像入口即化的彩色糖果。

角落詩蹤

夜雨組曲，寫給MAG的一首詩

一、致M

那時候，停車場開進來
一輛雨季，停在白色結界的
方格子，方方正正嵌住的
是你的自由，還是
你的世界？我用萬籟俱寂的優雅
寫下M
在編號消化月光後
下了車，摔碎的是
比山谷還空的蛙鳴

二、致A

一道蛙鳴手洗後注入大地的動脈
揣測夏季比春天冷的理由。
也許本來就是藉口，看看那棵
行道樹掛滿的發抖，正在放生
面目全非的
鄉愁
你發現了嗎？有一首詩只有A
不管是文字句子還是詞彙，都
站在下雨的夜裡，安靜地
分裂

三、致C

一條河，關不掉的對話塞進牙縫
幾朵雲便拿著黴菌，濕漉漉的
向著北方集合
準備降落。

青春站在C形沙灘，沉默
欣賞空降部隊的
冷

睡著的你看見了嗎？
涼意翻來覆去
對準城市，對準繁華
對準人們的夢，打算送出許多愛

在旅行中的那些足跡～致MAG

秋季，你埋葬幾朵寂寞顏色的聲音
我知道沒有人能拉住歲月的衣角。楓葉
把滄桑丟在草地上，等天空長出白色的淚水後
你將背起青春的行囊，離去。北方
有座叢林剛鎖住一道月光
蕭索在枝幹上繁衍
步伐隱隱約約

幾個人煮著夜色取暖，分辨
海鳥的走向。乾淨的
星星，補貼雲朵的空虛
你用眼神與相機，溫柔地
大把大把的抱起。

剪下西班牙廣場，複製
布拉格噴泉，呼吸過後
才發現這些城市
好重，漸漸地
對流浪有了幻想。

哥倫布的航海圖，是不是一艘艘的
月圓？你的微笑沒有塵埃
金黃的甲板上於是堆高了魚尾紋

耶誕節近，你在卡片上種下一棵樹
施肥孩子的心願，在伸向天國的枝幹上
垂掛祝福，給發抖的雪人
穿上襪子。我們在十二點以前
讓羅盤指向北斗七星。只要

向小女孩買下火柴棒
便可以點燃曙光，看一看
在耳邊磨著銀鈴的
新年

其實是秋。夢個不停
你聽見結霜的聲音嗎？
牆與牆間張燈結綵
提琴拉開，一樹繽紛的
禮物。羅馬假期的廣場
心願粉碎，瑩瑩發亮著
呼嘯而去的雪花

雨中向晚

山中常常下雨；常打雷聲光破雲，好像總是壞天氣。而清涼的雨水刷洗著人間的悲喜，引領四季開出許多花卉。

雨中向晚

找個五月份的一次雨天，懶懶的，在窗前賞花，然後，轉向路邊積水漣漪，再上頂樓。向晚時分，走在風雨中的時間，只有十分鐘。

短暫的像一場還沒相見便已散去的緣份。

只是，我仍然見識了鄰居巧手下的盆栽菜苗，相逢了辣椒，按下「OLYMPUS-XZ」這台朋友割愛給我的相機快門。類單眼的性能，等待在摸索的技術後，因捕捉的瞬間精采著。只見茄子和各式椒類精神抖擻地住進了記憶卡，清晰可見的水珠爬滿葉面。我的鏡頭游移其中，來來回回好幾次，最後，身體也濕潤了。

很喜歡雨天的味道，像是搬來了一座山的泥土香。於是這個頂樓菜苗裡彷彿隱約的蛙鳴與處處驚艷的蝶影，使我站在雨中，忍不住深深呼吸。

雨一直下，街道濕漉漉了整天，練習拍照水成為主角，我用雨中作樂想了個主題，半蹲在涼涼的屋簷下，思索地喝一杯熱拿鐵。

涼涼的雨水滑過。不偏不倚的距離，把視覺內的植物面水漬，亂中有序的排列成珍珠，像一串串漂亮的項鍊。

童年時去外婆家採茶葉，才裝滿一簍，烏雲瞬間密集就降下大雨了，茶葉面的平滑，正好呈現雨水的清涼，晶亮瑩透，只好帶著淋濕的竹簍，護住嫩葉，一路走回外婆家。

山中常常下雨；常打雷聲光破雲，好像總是壞天氣。而清涼的雨水刷洗著人間的悲喜，引領四季開出許多花卉。一個年度之後，月曆雨中圖騰必然精采，就像我面對著世界的陰晴不定一樣，只是，挑戰風雨，在風的強勁中，天空下我不畏雨的涼意，堅持獨自雨中漫步抒發某些懷念。壞天氣為我帶來好心情。

我相信那些個午後的美好時光，雖然，生活中偶爾體驗雨水冰涼的機會，愈來愈匱乏了。

照下一張相片，一點陽光也沒有的。連雲朵都沒散去。望向盆栽，綠色辣椒，小巧玲瓏的身軀爬滿水氣，好像汗流浹背一樣，我知道閃光燈會為它上蠟，瑩瑩發亮。

我拉近鏡頭想看得清楚些，那張渺小的臉孔，熟悉得彷彿似曾相識，我想起兒子的班導，于老師。

于老師，你在擊鼓嗎？

十一月十八日的運動會

童年啟動長假，便期待阿姨家附近那一條海岸線。萬里無雲的氣候生活，總是在進入漁港後，下起雨來，白色薄霧迎面而來，甜美夢幻的籠罩著。

停好車雨勢已滂沱，看玻璃上水珠聚集，手足提議來遊戲，我們在起霧的車窗畫上九宮格，比賽圈圈叉叉益智遊戲。我有輸有贏，往往結束揭曉總成績，玻璃也清晰了，風景一目瞭然，薄薄的水氣上方，張貼一大片陰暗天色的雲朵。我研究氣象之後揣測，可能雲朵從海上飄來，才會形成一個多雨的現象。

印象裡有很多時候，好像都是這種型態，愈靠近海，天色愈暗。

拜訪了台北市的雨，下了一整夜。

這是中年後的一個日子，參與兒子的小學運動會。前一天還高溫晴朗的好天氣，此刻，走在早晨潮濕的空氣中。變天了，我望著這場雨，揣測這些黑色雲朵，從哪裡飄來？

是台灣海峽的方向，還是太平洋呢？

這些雲朵讓運動會舉辦在活動中心，由於空間不能與操場相提並論，因此不算大的地方，顯得有些兵荒馬亂。我知道一場雨帶來的室內活動有迷人的優勢，進場退場的孩子會在擁擠中排列窈窕隊伍，不會稀稀落落的演出。

兒子四年級準備就緒跳舞的標題是：運動身體好，而在那之前的項目—快樂小樵夫，則由幼兒園擔綱演出。可愛天真的孩子們已經進場了，家長們閃光燈此起彼落，我拿起相機，迅速加入攝影行列，免得精采瞬間錯過了。

這是一場運動會，一場很快樂的童年活動。

親子互動手忙腳亂的樣子，在溫暖的活動中心，穿梭任務的路徑，進入我的記憶。小時候的我，是否也這麼快樂？人生無法重來，但這場活動的競賽，卻讓我的意識，返老還童了。

比賽結束宣布成績，第一名的最後名次的，都有適合的獎項，可以開心抱回家。看見他們的笑容，我忽然發現，成績或許從不曾有人在意，融入在過程中的合作無間，便是一種成就。

四年級進場了，不知道哪裡傳來的鼓聲，在小小空間引領著。聲音好像來自前方，誰在擊鼓呢？我拉近鏡頭想看得清楚些，那張渺小的臉孔，熟悉得彷彿似曾相識，我想起兒子的班導，于老師。

于老師，你在擊鼓嗎？

變天的雨，對我來說，附和的就是于老師的鼓聲。有條有理的旋律，振奮許許多多精神，四年級的孩子們也振奮著觀眾席上家長的心。孩子的動作配合音樂，印地安人；哦，蘇珊娜；青春舞曲；靜夜星空等等，裡面結合民謠，有一種民族融合的象徵，絕無冷場。這首「運動身體好」表演完畢後，在鼓聲引領下退場。也許，從表演到退場，只有短短幾分鐘，我卻可以透過孩子們賣力的演出，看見他們的元氣十足與幸福洋溢。

運動過後，變得更健康的，原來不只是身體，還有心靈。

當孩子們的背影一一消失，擁擠的感覺全部都不見了，於是，場地空曠了也寂寥了，就在于老師的最後一記鳴擊時。

不知道窗外的雨，是否和四年級退場一樣地已經離去？厚厚的積雲，可是來自海上？很美好聲音分貝的，不只雨聲，還有于老師手中的鼓聲。

雨聲風聲水流聲；鼓聲笑聲加油聲。我喜歡聆聽，那些漂亮的聲音。

于老師，你要準備擊鼓了嗎？

室內的空間雖然不大，還是排出迷人的隊形，整齊而壯觀。

我相信人之初本性會善良，是因為有著一塵不染的思考邏輯，乾淨無瑕，所以天真得過於無知。

思考邏輯天真，無知而可愛

萬大國小今年的體育表演會，正巧遇到冷氣團來襲。雨水，從前一個夜晚開始飄墜，把萬華區的空氣刷涼了。

學生與家長與來賓的出席率風雨無阻，成為一種寒冷中熱情的象徵，令人動容。長髮披肩的女學生從我面前，從容跑過操場，雖然沒有撐開傘抵擋這風風雨雨，卻已經可以察覺到潮濕的情致。

因此這一場運動會舉辦的節目：趣味競賽、健康操、大會舞，移駕至活動中心進行，亂中有序。

據說校園內部的一些設施，在四十週年紀念的前夕，一一完工。「青草池畔處處蛙」，走過這次並未列入整修項目的生態池，少了人為打擾，附近的青蛙，是否會在青草池畔，和雨聲溫柔共鳴？

台北的雨，滴答滴答，在萬籟俱寂的深夜，擊碎千里寧靜的空氣，抵達我們的聽覺，不饒不歇，像在認同分秒必爭的光陰。

因為一夜的雨，校園裡濕漉漉，凹凸不平的路面積成小水窪，一處一處的。操場不宜使用，我就這麼尾隨在學生部隊後方，跟著走走停停，等待進入熱鬧的表演會場。

于老師站在前方，耳提面命重要事項，這群四年級的孩子準備彩妝繞場，用美勞課上的作品，打扮自己。當老師問到如果廣播出現請脫帽三個字，要不要把頭套拿下來時？全班異口同聲，斬釘截鐵地回答：「要。」

「不行。」于老師有些急促：「我上次不是說過了嗎？頭套是你們要給來賓看的，不能拿下來。」

「可是他說請脫帽啊！」學生嘻皮笑臉的說。

「那是說給別人聽的，不是你們。」于老師停頓一下繼續說：

「知道嗎？」

聽著四年級學生與老師的對話，一時之間，我忍不住笑了出來。

多單純的孩子啊！

我相信人之初或許真的是性本善，沒有雜念的孩子，非常單純。小時候的我也有這樣的一顆心，在母親做手工的年代，貪得無厭的父親會拿她的薪水去喝酒，於是大大小小的地方，母親常利用隱密處，藏起無聲的私房錢。就是那樣的年代，床頭櫃旁的木製抽屜裡，有幾件折疊好的衣服，有一次，我發現裡面躲著一張五百元鈔票，母親不在房間內，於是，我交給了父親。我聆聽著一連串響亮的笑聲；聽著父親讚美的話語；聽著如果再找到鈔票要拿給他的交代。我第一次看見樂不思蜀的父親開懷大笑這麼久，揣測著是不是只要不斷找到鈔票給他，眉飛色舞就會在他身上發生下去？

我努力著，翻遍衣服的角落，想找出鈔票博得父親的歡心。

後來我沒能再聽見讚美，沒能再找到鈔票，倒是在漸漸成熟的歲月中察覺自己的不懂事，想起母親的手工年代，一家老小的生活開銷，總透支著她的收入。這種往事已矣的感覺，令我有些遺憾。我看著面前的四年級孩子，發表無憂無慮的言論；一絲不苟的老師，嚴肅著一張臉的表情，我開啟腦袋瓜記憶的神經。每一個畫面與動作，都那麼珍貴，因為我知道時光一去永不回，當下種種，便是回憶，必需好好珍藏。

我在學生部隊後方看見一個小男生的頭套，不小心在雙手把玩中彈飛出去，掉落樓梯間，這個舉動激發了同學們的互助合作，大家爭相走告，在告狀的短暫時光，只有我明白于老師臉上表情的涵義。成天與懵懵懂懂的孩子相處，覺得他的耐心已經被憤怒的火焰燃成灰燼。

然而，于老師還是跑下樓梯，撿回了頭套。

我相信人之初本性會善良，是因為有著一塵不染的思考邏輯，乾淨無瑕，所以天真得過於無知；為了配合課堂上作業的需求，老師買來了辣椒小株苗，一個學生分發一株，帶回家觀察完成作文記錄。當于老師從停車場拿泥土來教室時，學生們就是用單純的聲音，七嘴八舌地問：「新竹好玩嗎？」

像夢的回音一樣輕盈。從新竹旅遊歸來順便帶回辣椒株苗的于老師不置可否，長長的走廊，只有童言童語稚嫩的頻率，以及，一點點的風聲，冷冷地迴盪。

還來不及打聲招呼，于老師瘦長的身影與我擦肩而過，此時，距離運動會開始，已經倒數計時了。

頭套掉落的樓梯間，有幾株綠色植物點綴，看起來，幽靜得近乎寂寥。

女學生輕巧跑過我的眼前，彷彿為運動會的序幕，做了暖身操。

我喜歡花開，縱使它操控我許多悲喜，卻讓天地輪轉出四季之美。

樹上的花影

于老師發給小兒子一棵辣椒樹苗，透過種植與觀察完成作文，雖然葉子綠意盎然，迎風搖曳，卻不一定能結實累累，我都在固定的時間澆水著，小心翼翼得連氣候溫度轉換都變得神經質；樹苗在結實累累前會不會開花呢？我看過辣椒樹上掛滿密密麻麻的果實與葉子，頂多是昆蟲來點綴。

但我希望這是一棵會開花的樹。

「靠近中午不能澆水。」課堂上于老師苦口婆心囑咐。我猜想大概氣溫偏涼才能全力以赴在盆栽灌溉，要是中午左右灑水呢，就無法成長，易死去。沒錯，小時後看長輩們種菜種花種水果，都會避開正中午的太陽下。於是，我遵守注意事項，幫兒子照顧樹苗，只要辣椒成功種活，結出紅色果實讓我炒菜用，便心滿意足。

一樹花影，的確帶給我溫暖希望，雖然，它們總是迅速凋零。童年時候，因為季節花，陽光裡整個人站在桃樹下嘆息，失魂落魄，那一個向晚不再有鳥語花香，使我有了快樂已逝的錯覺。陽光依舊，下一個季節抵達，我欣賞遠方而來的翩飛蝴蝶。中年過後，青年公園接棒盛開的四季花朵，讓我大開眼界驚訝這人間之美。花朵輪迴的分分秒秒裡，我聚精會神紀錄，一景一物不允許錯過，興致勃勃的描寫花朵一生，自己彷佛從未曾成長，像個學生安分守己只迷戀作業帶來難捨魅力，我拿起紙筆寫花去。

十一月十八日帶回的小樹苗，在第三天開了一朵小白花，看起來小小的，優雅得像一枚準備出席宴會佩帶的別針。

小時候遇假日，才剛入山在外婆家住下，萬紫千紅的花便一路開在夢中。山中花朵有得天獨厚的條件，可以綻放得美不勝收，連夢土也來湊熱鬧，我站在藍色星空下的蘋果林，看著樹上的花朵，爭奇鬥艷整條峽谷。

山中植栽四季的樹幾乎都能開花，欣賞得帶上相機，順便認識花期。我喜歡花開，雖然凋零總讓我失落。人生旅程抵達四十歲這一站之後，回憶漸漸晴朗，乾燥的印象包圍著辣椒樹苗，可是，記憶與現實不同，那窗外的雨仍持續帶來潮潤，在于老師的叮嚀下，我們細心照料的辣椒樹苗，還是乖乖甦醒了十一月花，一朵白色小小的，像別針的厚實。

我喜歡花開，縱使它操控我許多悲喜，卻讓天地輪轉出四季之美。

節氣雨開了辣椒樹苗上的白花，那令人微笑的喜悅便浮上心頭，然後，隨著一陣風吹落最後一片葉子；樹苗上的花影好短暫，讓喜悅像潮汐般，緩緩退去了。

時間一分一秒流逝，漸漸接近中午，沒有陽光的顏色，于老師和小朋友們的背影走在冷色調下，淒清得好漂亮。

冷色調下的背影

❄ 之一、這裡是木柵動物園

從專車走下來，面前即是門口，我像在聽見非洲大草原獅吼的夢裡，又瞬間回到精神十足的現實。

這就是動物園的魅力。

靠近山區的空氣清新，緩緩飄墜細雨，穿著五顏六色制服的小學生，自四面八方而來，今天彷彿是校外教學的好日子，不約而同的，都在門口排隊，準備入園。必需買門票，才能進入動物園，這被稱為「台灣北部最精彩」的動物王國，完整展示林旺活靈活現的標本。

跟著我們排隊的步伐，雨絲如影隨形，色彩鮮艷的傘紛紛綻放，動物園門口，像一座開了百花的天堂，直接襲擊我的眼睛。一名中年男子拿著折疊傘四處叫賣，乏人問津的樣子，使我相信，大家必然都有收看氣象預報的習慣。

氣象這次預報挺準的，連空氣有多涼快都說對了。

不久前才坐上專車離開萬華，接著就在十幾度的快速道路奔馳，二十分鐘，前往動物園。然後，走下專車，綠意的葉的氣息微甜，盤旋我的臉頰。

❋ 之二、在大門廣場旁，合照

「九點才開始。」于老師和主任帶領著孩子抵達教育中心大門口，得到這樣的結論。九點開始步入軌道運作，是大部分展示館使用頻率最高的時間，展示館多半是室內空間，我想起可愛的昆蟲館、企鵝館、大貓熊館，也在室內嗎？它們有紀念戳章可以蓋嗎？看通知單上說這次四年級的校外教學要去動物園，我上網陸續找到資訊：「園區可蓋遊園紀念章共五處；大門入口遊客服務中心、教育中心出口處、昆蟲館二樓、爬蟲館服務台、貓熊館二樓賣店。」

打聽到遊園理想時間在早上九點之後，于老師便宣布：「我們去廣場上拍一張合照。」知道于老師決定利用時間往回走到大門廣場旁拍照，真的是有些吃驚，但是，我問了自己，孩子們能同班幾年呢？下個學期就要再分班一次啊，那麼，此時不拍更待何時？這些烏雲籠罩的冷色調建築、花草與廣場，都是當下印象，未來只待追憶的啊。

於是，我們消耗了一點點的時間，與更多的運動量，去大門入口旁拍照。那是個佈置大型看板又像舞台的空間。

我們在半路上，先參觀紅鶴，感受了動物園區內，與我們相遇的，第一種鳥禽的活潑，牠們是群居的，只偶爾有一兩隻落單，大概討厭喧囂吧？每隻鶴都很忙碌，與其說都在做自己的事，不如說牠們小組分開活動，在彼此嬉鬧著。紅鶴的影子在水波中搖搖盪盪，倒映著鮮麗，有一種滄桑的美感。在相連的動物區，有時會有層次分明的叫聲，那些遠方猛獸拉開嗓門，只聞其聲不見其影，只有撐傘的行人走走停停，在我的瞳眸之中。

「等一下妳要不要和小朋友一起合照？」拿著導師相機的主任對我說。

「和小朋友一起拍？」我疑惑三秒鐘然後拿起自己的相機微笑著搖搖頭：「不了，我想當攝影人。」

主任沒有說話了，拿起相機蓄勢待發，我也拿起自己的相機，站在她的身旁。像舞台的空間，站著小朋友似河水般漂亮的隊形，我便警覺，按快門的時間到了。開啟電源，調好焦距，于老師示意孩子們先看主任的鏡頭；而我喜歡不按牌理出牌的方式，出奇不意得來的畫面，我覺得，表情往往都能夠更真實自然。我於是迅速的按了幾張快門。那些拍照時散發的歡樂聲在風中斷斷續續，像快門一樣，按一按便消失了。

❈ 之三、在原地嘆息

春天的細雨很清新，讓這些在風中發抖的植物，看起來像上了蠟一樣地明亮。

解說員在早上九點後出現，雨水也時不時的降落，傘花收放之間，解說員正滔滔不絕介紹猴子。猴子只有單薄體毛，卻不被風雨所擊退，一搖盪就看見不受氣溫影響的活動力。路邊的植物間，有張蜘蛛網將雨水一滴滴懸掛起來，珍珠項鍊般的優雅，在風起時也拉動了綠葉在樹枝上的輪廓。這些像在發抖的植物，為什麼在雨中會有這麼漂亮的規模呢？

不管是小蚌蘭、錦葉紅龍草，或是一大堆說不出名字的木叢與果實，都有一種明亮潔淨而豔麗的光澤。動物園管理處為什麼要植栽這麼多種植物呢？是不是一定要多采多姿，才能奧秘著一座偉大的動物園？即使是貓熊，那麼高人氣的角色，那麼多紀念商品的指定主角，卻不能少了竹葉的點綴與陪伴。

怪不得，那些植物在風雨中也能美不勝收。

因為風雨造成的涼空氣讓許多動物躲著不露面，看完猴子，我們接連吃了幾次閉門羹，轉向旁邊的列車總站，還是搭列車好玩，雖然要收車票錢，卻不會躲起來。買票搭車的我們，跟著列車搖搖晃晃地上坡。于老師坐在我旁邊，一路上和解說員談笑風生。解說員原來是公職，退休後，展開旅行生涯，最遠曾拜訪非洲肯亞。她大方大方地提起所見所聞，表情流露出自信與快樂；而我也大口大口嗅著山中的味道，反正空氣不用錢。

列車抵達鳥園車站，鳥園廣場不算小，豢養著多種鳥禽，鳥兒抬頭可看見藍天，天光卻無情地映照牠們的寂寥。有些空間的設計會讓我聯想起電影侏儸紀公園3，小男主角被翼手龍抓握起飛翔的畫面。當年草食性恐龍在弱肉強食下，要如何才能夠長命百歲呢？慶幸自己活在高科技的文明社會，少了威脅也就多了一份安全感。

我們平安順利沿著蜿蜒山路，一路下坡地欣賞其它動植物。我拿起相機，獵影著身邊的山光與花色。看見冷色調下的天地間，大大小小的輪廓，不知名的鳥低低飛掠，於是，捕捉不到萬物精彩瞬間的我，只能站在原地嘆息。

風景如此美麗，怎麼可以嘆息呢？不如意者十之八九，這才是人生啊！不是嗎？我，於是向前跑去，拉近拍照時脫隊的距離，追上了學生部隊的步伐。時間一分一秒流逝，漸漸接近中午，沒有陽光的顏色，于老師和小朋友們的背影走在冷色調下，淒清得好漂亮。陪著孩子的笑聲，我是快樂的，這時刻，再沒有什麼事情值得嘆息。

❈之四、小朋友是喜劇英雄

既然是活體與標本的空間組成了動物園，不管露天廣場有多精采，我們還是得出發，去探訪其他的展示間。室內的一小時，我們回到早上九點前，過門而不入的教育中心。這次于老師很順利買到門票，提醒我三點五分集合，我們與高采烈進去參觀了。也許是林旺爺爺的標本在無聲地傾訴，我好想去看一看，感受從戰火紛飛的土地飄洋過海來台；在高齡病痛纏身的狀況下，魂斷動物園的，牠的寂寥與鄉愁。這樣的一生，算不算豐富呢？

林旺爺爺已經不是最熱門的懷念角色了，除了兒子與班上的一個女同學，我看不見其他的小朋友。可是，按照照著藝術光影往參觀方向走，櫥窗的裝置仍有漂亮的風景，海洋與鳥禽栩栩如生，輝煌著落日，像是一大片不朽的黃昏。拿起相機我一個轉身，便看見于老師的背影。地毯讓于老師腳步很柔軟，並不會踏響聲音，只有秒針答答規律的推動著歲月轉圈。

可能因為時間太自由，小朋友發出互助合作精神的機會也就變多了。一名女同學的手機被借去開直播，上傳到群組，手機拿過來轉過去的，還在看標本時，已經聽說借走手機的小朋友，下落不明，女同學著急的四處尋找，都一無所獲。也不知道是哪裡來的，誰的點子，過一會兒，我聽見工作人員廣播的聲音，請那位借走手機的同學到服務台來。尋人啟事已全面出動，事情可以圓滿落幕吧？

上過廁所，展覽間沒有人了，兒子也不見蹤跡，我有些慌張，看見主任迎面而來：「時間到了，快去入口處集合。」轉身前，主任提醒一愣一愣的我說。

像迷宮一樣，沿著抽象的長廊向前方走到盡頭，撥雲見日，果然看見兒子與班上小朋友們，大家蹲坐在地上說說笑笑。我一直以為會有一兩個不守時的小朋友，卻沒想到姍姍來遲的，竟然會是于老師。在隊伍中，我聽見兩個小女孩的對話，其中一個說：「我們去廣播叫于老師來集合。」

「這不好吧？給他留點面子。」另一個則是這樣回答。

我抬頭看了她們一眼；看向服務台，忽然有了一些傻念頭，忍不住揣測，如果去廣播，現在的畫面，會不會看見于老師的惱羞成怒呢？

想像著怒氣深鎖在眉宇，鎖在眼中，鎖在嘴角……想著想著，那張難得一見的表情，我忍不住笑了，這個班級可真幽默，一整天下來，歡樂的氣氛始終沒停過，小朋友們彷彿是天生的喜劇英雄。

兩個女孩的對話剛結束，于老師便出現了。看樣子也不像她們說的需要廣播，老師也是挺有時間概念的，只是晚了幾秒鐘。

❄ 之五、于老師，你累了嗎？

時間聚攏黃昏在天空的顏色，不管烏雲有多陰暗，我還是看得見晚霞，從雲端上灑下隱約的美，成功轄治了這座城市。

動物園的一天，我們就要結束旅程了。從教育中心離開，跟著于老師走，我們在風中來到大門口，雨停了，但早上合照的大型看板舞台，依然空蕩蕩。

「于老師……」背後傳來主任的呼喚。

原來是走錯方向，更正後，只見領著隊伍而行的于老師向右手邊轉彎而去，筆直的學生部隊瞬間呈現「C字型」漂亮而壯觀。

為什麼到了廣場上，老師認知出口方向會失去平衡？

于老師，你累了嗎？

仍然像早上看到叫賣雨傘那樣的男人，兜售著商品，雨已經停了，他改賣起玩具小物：「一個三十元。」熱情的喊著，試圖利用最後的機會，賺取一點觀光財。

幾個孩子被三十元低價吸引住，停下腳步。

童心如玩心，誰的童年不愛玩具？又有誰不會喜新厭舊？我們的玩具盒裡永遠保留著一個等待新物品入住的空間。

專車在等我們，沒時間買玩具了。于老師提醒大家「不要再買了」的聲音清晰。小朋友於是跟上隊伍的速度，打消購買念頭，知道回家是現在要做的事。

群居的紅鶴，活潑熱鬧，即使在雨中，也有懾人的美感。

林旺爺爺的展示區，冷冷清清，很難想像當年，牠也曾是炙手可熱的主角。

半層樓高的卡片，排列在矮矮的牆上，與祝福的文字彼此依靠著，只見國字和歪七扭八的拼音，密密麻麻的陳列。

不朽的曾經

學校舉辦三月初的春日旅行，興奮的，看過紅鶴；看過猴子，然後，轉往搭乘列車抵達鳥園站，再回大門口。從頭到尾，「走過五大洲」，一路上飄浮著忽遠忽近的笑聲。

快樂得像一場害怕醒來的夢。

雖然只有七個多小時；雖然每一個定點都停留不久，還是走過了地圖上的保育大道，看到了元老級金剛猩猩「寶寶」的害羞。解說員告訴我們：「寶寶即將回去故鄉娶妻生子，園方因此準備空白小卡片，讓遊客寫下祝福。你們可以自由發揮，但不要寫什麼祝福你考試一百分啦，第一名之類的，對金剛猩猩來說，這種祝福不具備任何意義……」

我聆聽講解，看著卡片。

半層樓高的卡片，排列在矮矮的牆上，與祝福的文字彼此依靠著，只見國字和歪七扭八的拼音，密密麻麻的陳列。我們的小朋友也拿起紙筆，一個接一個寫下祝福。

就像是「猩球崛起」的想像，這座石頭庭園的青草蕨類與流水淙淙的設計，使我相信，必然有過真情流露的故事，在此無聲的上演。也許，唯有無聲，才能加深沒有結果的浪漫。

是校外教學的旺季嗎？園區有幾所小學，每所學校的制服都不相同，而眼神都充滿認真，都能聽見發問與回答。我們慢慢走進桌椅一應俱全卻等不到旅人的休息

寶寶回去故鄉後，會想起台灣嗎？按下快門的時候于老師正好入鏡，彷彿與照片裡的寶寶，相識而笑。

區，趕走空間的寂寥，再拿出我和兒子的午餐，它是涼麵，沒帶筷子的遺憾在打開涼麵那瞬間，出現了。

沒帶筷子，無法用餐，只是觀賞不能飽足，我起身走向隔壁速食店家，指定著滷肉飯套餐，加價兩元買下購物袋。

開動了。剛剛補充的營養，把體內飢餓腳步硬生生拉慢半步，悠閒地享受午餐時光。

吃飽的時候，廣場上孩子的遊戲聲已經響亮整個白晝，于老師整隊集合後出發，保育大道再走一遍，傘花沾染涼涼的雨珠，還是抵達了教育中心，向工作人員詢問戳章，再走近放置處，優雅地，蓋著。

動物園這是倒數一站的時刻必須分秒必爭把握了。

搭乘電梯下樓，不費吹灰之力，我留下了曾經的足跡。到冰河前看恐龍。地下室點燃燦亮著昏黃古老與科技結合的氛圍，相機會輕鬆為我留影，就像科技結合歷史，將曾經化為不朽，歷久彌新。

一方晚霞，大片暈染在空中，也映在水上；我相信公園有幸福的咒語，能歡樂孩子們的心情，因為小兒子曾在游泳池邊，吹過清涼的風；曾行走橋面，帶著一身的晚霞離開。

幸福的咒語

❋之一、馬場町之後

我和我的家人們，剛逛完了馬場町表演會，終於來到這裡，青年公園內的蜿蜒小路上。行過不遠的路程，吹了些許冷風，鼻尖出現著細小的血絲，吐出的白煙散在空氣，成為溫度過低的見證，有點像是在冰天雪地中呼吸著，只是，台北市平地從不下雪。

是晚秋，楓葉的季節，空氣清新而醒神。也許因為此地與住家距離過近，慢慢散步也能在短時間抵達，連兒子也愛一次次造訪，從不曾有厭煩的感覺，因此，公園有一種親切的熟悉感與寂靜。九曲橋出現前，彷彿行走於草原之間，迎面而來盡是青草香，時濃時淡的。

小路前方，刻意傾斜設計的生態橋，是小兒子上游泳課時的必經路徑，小朋友必須一步一步的往前走，由體育林老師領著隊，一路走來，心也就一點一滴的快樂起來了。為了完整學習游泳，有始有終，有一次班導于老師打電話告訴我小兒子忘了帶泳褲，我還專程幫他送過去呢。裝備齊全，下水就能無後顧之憂，心靈應該可以更輕鬆吧？

那一次我早到了，站在游泳池的門口等待，遠遠地，聽到了孩子的聲音。

不是很清楚的音頻，但嗅得到幸福的味道，像鳥鳴的笑聲脆亮，同時，卻又悅耳得如同瀑布那樣，像我的方向流過來。

是否公園有幸福的咒語，能歡樂孩子們高深莫測的心情？

＊之二、親切的緣分

青年公園苗圃開了花，扶桑花、凌霄花、朱槿、野牡丹……風中雨中，它們美不勝收地搖曳，彷彿在爭奇鬥艷。苗圃選在這鬧中取靜的台北市，民國六十六年便開放了青年公園。做為植栽之地，我想像著應該是座受到歡迎，假日裡人山人海的公園吧。

而青年公園最吸引我的，除了九曲橋，再來就是棚架上的軟枝黃蟬，為了拍攝新鮮花瓣之美與盛開規模，每一個角度都努力嘗試取景，按下一張一張的快門，花朵在搖曳中不容易捕捉美感，常常得重新來過，將公園與美感搭配到成功之後，黃蟬會被保留在照片中。

公園植栽著四季花卉，每一次的花謝，都會有適合的氣候與溫度，接棒似地盛開。於是花朵便努力地在天地間立足，綻放得彷彿永不凋謝。這樣瑰麗繽紛的景色，多少年了呢？青年公園一九七七年開放參觀，那時候綠意盎然的公園，配角有苗圃了嗎？

尚未抵達九曲橋，我刻意放慢腳步，沿途都可以看見水面的石頭表層上，棲息烏龜，在做著舒服的日光浴。

蜿蜒小路，行走在稀落的人群之中，大家看起來都很悠閒，望著松鼠微笑。一陣風過，晃起榕樹的鬍鬚，可以看見遠方的場地，聚集一群相同服飾的銀髮族，好像音樂長出下達命令聲帶的樣子，動作整齊劃一的搖擺。他們把空間舞動得漂漂亮亮，真的是高手在民間。風持續，垂榕曲線仍像鞦韆盪漾。

行走橋面必須小心步伐，還在生態園區，我提醒自己放慢腳步的去觀察並且想一想橋下的動植物認識了多少？這是適合小朋友增加大自然知識之地，一處不怕打擾的水岸。

不遠處響起了一陣口哨，原來是有位中年男人，雙手捧著一包，像陽光下熟香稻穀般的飼料，回應他的是一隻隻聚攏成部隊，發出咕咕叫聲，時不時張開敏捷翅膀的鴿子。就像是感激餵食那樣的，搜尋男人的座標，緩緩降落。我看得目不轉睛，當他們彼此陪伴，彷彿兩個世界的情誼，將會磨擦宇宙的感官，出現怎樣的故事？鴿子會開口說話，懂得報恩嗎？人與鳥的親切緣分，將在我面前上演嗎？

小兒子親切的指了前方：「這裡就是我們全班上游泳課會走的捷徑啊！」不知不覺中，我和小兒子的腳步走得好遠，來到林立高大老樹的小路。

它們一棵又一棵地倚著，看起來像勾肩搭背，密集出的規模，讓我震撼。這是青年公園嗎？站在樹下向上望去，彷彿置身在山林，感覺古老而原始。

我與其他人一樣的散步，放鬆，相機剛剛開啟，還沒瞄準目標，不知道從哪裡來的風，瞬間將垂掛的樹鬚全部吹搖，下定決心的，像是一種履行節氣的意念，長長的，久久都沒有停下來。

在那無聲的，萬物彷彿沉睡的時光裡，我覺得自己被某種溫柔啟發了，曾經不能釋懷的悲傷，像葉子一樣，紛紛墜落了。心靈上，有一種與世無爭的安定，這會不會就是親切的緣分？

轉個彎來到九曲橋。生態園區和游泳池已經被拋在遠遠的身後，像歲月帶走青春的速度一樣。無法像花朵那樣，可以接棒著盛開，在四季裡，永駐，終究像蛋黃色的夕陽，要來到遲暮之年了。

一方晚霞，大片暈染在空中，也映在水上；我相信公園有幸福的咒語，能歡樂孩子們的心情，因為小兒子曾在游泳池邊，吹過清涼的風；曾行走橋面，帶著一身的晚霞離開。

小兒子，走在傍晚的橋面，帶著一身的晚霞，離開。

小兒子緩緩地，走過拱橋。聽說游泳課來到青年公園，其中一條路徑，便是此處，體育老師會引領全班，往橋的盡頭輕盈而去，那也是小朋友體會雙腳踏出校園的自由。

角落詩蹤

雨水不減熱情的運動會

~寫給于老師

十一月，氣球穿上夢想的繽紛
空間很模糊，我把腳步踩成
迷宮。這是中年時期的運動會
場地掛滿發霉腳印，以及
一張張下雨的
加油聲。我的童年
大部分都有晴天娃娃到場祝福
蒲公英當傘兵降落之前
司令台前的裁判從麥克風捉出勝負
一陣風，自獎杯裡吹來了植物花語
晴朗，一直沒消失
就在同學們的嘴角，也濃縮在
每個人家中的，窗外

你知道嗎？
攝影時，我聽見變瘦的道謝
重量太溫柔，像太平洋
遠遠傳來的濤聲，輕盈的。
我覺得舉手之勞不應該被銘記
只要人生還有夢，美好的。
那麼窩在泥土裡，長成樹之後
就可以了。
不客氣，我說。不妨

讓禮貌以花的樣子
開出一張張照片。
照片，可以永恆嗎？

我的下方
你鳴擊時光後
綁了一串音符戴在耳邊，於是
每個人物都有漂亮飾品
閃動著室內的舞蹈與節奏
還有，那些過期了也不會變質的
掌聲

陣陣擊鼓引領退潮的小朋友
游出一尾尾的
童年

運 動 身 體 好

雖然標題道盡力與美
人間，卻一直在飄雨

跨年夜前我接收的幾樣事物
~寫給于老師

一、辣椒樹苗開花後

中午，是我們要丟棄的躁鬱
你說出這些暗示的時候
幸福蓄勢待發，然後是生活
當日落分裂著海平面的寂寞
波光粼粼只是寒流的氣色。
秋天
冷氣團悄悄地增生
辣椒樹苗開花後
花朵在風中釀酒
枝椏，始終微醺

二、添加快樂的布丁奶茶

布丁向著杯底探索
發現半糖的奶茶，連同自己
擠進了冬天的身體
他喝下快樂。
倒飲時光的沉寂，日出
樹影移動一小節一小節的鐘聲之後，
日落……日落啊
他讓溫柔音頻流竄全身
放學腳步已經草皮般發芽整座校園

三、考試與背唐詩

跨年夜漸漸走近，你
是否願意，在
快樂的銀河裡，預留
星星的位置，在
變成歷史的昨日
唱一首歌，給
發抖的成績，蓋上幾枚微笑保暖？
這學期還沒結束，你我
必須小心翼翼，才能躍過
詩集裡，晴雨晨昏的瑰麗。
穿越唐朝風花雪月的疊影

四、最後的蕭索

只有一朵白花，風
吹個不停，直到
綠葉懸掛的嘆息飽滿。夢裡
蘋果林放飛蟲鳴
雨水響亮，一夜藍調的天空。
而窗前辣椒
盆栽泥土把天地距離吃出曲線，凸顯
紙片人般的枯木身材

歲末，緣份站在學期裡歌唱

聽說，你用雙手把十一月捲成
一座叢林，可惜鳥語花香逃出了
這個世界的顏色，為了
綻放一朵又一朵的
暗示，你清洗了那些
只有黑與白的，笑聲
梳理等待繪上嘴臉的
對話；以及，
四分之三的學期。
在緣分吃掉粉筆之前
你必須站穩
歲月才不會從講台上
掉下來

後來，當鐘聲開始蔓延
一樹的髮，孩子的嘴角便開出了楓葉
紅的，黃的，快樂的；
在操場上，在走廊上，在
你用雙手捲成昨日的
十一月。彷彿
這所學校一直都是
一首詩

收藏太平洋夕落
講台上
你是否還記得，眼睛
要問好鄉愁？別讓
老家庭院的那口井
吞吐出戰火的淚水。

番薯圖騰上的家
是第二個，你說。
會不會有些細胞能分裂出幸福？
流浪的腳步，每個腳印
於是開始百花齊放

聽聽貝殼唱著潮汐的
緣起緣滅，最後
我聽說
再美好的邂逅
都有結束的時候
時光寶盒，只剩下四分之一的
學期，學期裡
只留得住一小段旋律。
明日過後，從五線譜上破雲而去的豆芽音符
那也將是鐘聲夾層裡的
歷史

※ 小詩故事：

課本裡有一個台灣地圖，小兒子告訴我，于老師的祖先很多年前便離開家鄉，這是他落地生根的地方，也是于老師的出生地。我想像著那個年代，也許戰火紛飛；也許生離死別，于老師的心中，會想念另一端的老家嗎？我的爺爺來自福建，於是感同身受般地，我用自己的心情寫下第三段。

不期而遇

老樹，站在紅磚瓦的兩旁
撒下幾片綠色慵懶
你乘風而來
以一朵霧色的模樣，坐在
機車上，穿著
星期五的圓領T恤，以及
晴朗的米色長褲
用引擎聲，輕輕地
碾碎。碎成你口罩上無數個
失速的晨光

咦！你是誰？
那晨光隱約的
臉，有沒有我知曉的
輪廓，洩漏著
不期而遇的秘密？

從來沒有去測量
熟悉與陌生的距離
引擎聲，卻閃著認識的燈號
不斷，不斷
在歲月裡
擺渡

我聚精會神將雙眼，企圖
伸展成西湖江畔
假裝自己是雨季，飛掠過秋天的眉毛
準備融化口罩。洗出影子後
找不找得到你的真面目？

啊！你起身的節奏
縮短我記憶的壽命了

青春的樣子，打開

我不記得青春的模樣，直到
有一天，鐘聲
打開笑聲，一尾尾
閃著快樂鱗片的孩子
游向白晝
我才想起童年的教室
老師在黑板上種下一首詩
澆灌著唐朝的月光，以及
四季。桌上有一面鏡子
裂開早退的初戀，我才
想起
原來我的臉
一直是雨天

蔓延花香。楓葉紅了
眼睛飛出蝴蝶，向著
日落的蜜糖而去
鞦韆還在搖擺，上面
坐著光陰

鐘聲長得太美，基因良好
上課與下課像雙胞胎
池塘邊，有棵老樹
常常搞不清楚的
認錯，樹幹上
因此新生了一朵
二十年前的
夢

鐘聲再次響起一道冷
望向歷史長廊一步步走來的風
除了軟，只剩下
過度清醒的寂靜
我還在懷念
紙娃娃戰勝成績單的午後
老師的藤條打下彩虹，擊落
蒲公英。於是所有的
回憶，開始
落英繽紛

青春的模樣
我不能從歷史中摘除
卻也無法還原

❋ 不期而遇的小詩故事：

民國一〇六年九月二十二日，星期五，一個碧雲天的好日子，我買好麵包從店裡走出來，經過一條紅磚瓦……

故事，從此開始。

我一邊數著磚瓦，一邊踩著落葉，遠遠地，我聽見機車的引擎聲，迎面而來。

一台機車停在萬大國小側門，沒有下車，騎士晃了晃手中的感應卡，顯得有些著急，那時八點的鐘聲剛響完，校園內是各就各位的狀態，她的舉動讓我覺得，時間帶來了緊張感。會不會是怕遲到呢？

紅磚瓦的行人道並不寬廣，上方卻停滿著大大小小的機車。已經是很狹隘的一條路，加上前方的她，真是雪上加霜了。眼見沒有什麼位置適合走過，於是我停下腳步，等待此人走進校園，再邁出下一個步伐。

她手中的感應卡晃啊晃，沒有成功，想停車，左腳踢啊踢，也踢不到側停的腳架。等了好一陣子的我，終於忍不住，往她的腳看了去。

她的腳很忙碌，忙碌的，一再踩空，感覺像在踢空氣，把白忙一場的精神，表現得淋漓盡致。

其實距離鐘聲響完，並沒有過太多時間，我有些納悶，需要這麼緊張嗎？她的腳，已經快和摩托車打結，永結同心去了。這個人的認真，真是值得讚賞。

後來，腳架順利踢開完成側停，下車，我才發現，騎士是男人……我一直以為她是女生耶。

於是，我用這樣的劇情，寫了一首詩，當作練練筆觸。

國家圖書館出版品預行編目資料

雨中向晚/詠棠
-- 初版. -- 臺北市 : 博客思, 2018.10
面； 公分. -- (現代散文 ; 6)
ISBN：978-986-96710-0-2(平裝)

855 107013304

現代散文 6

雨中向晚

作　　者：詠棠
編　　輯：楊容容
美　　編：楊容容
封面設計：塗宇樵
出 版 者：博客思出版事業網
發　　行：博客思出版事業網
地　　址：台北市中正區重慶南路1段121號8樓之14
電　　話：(02)2331-1675或(02)2331-1691
傳　　真：(02)2382-6225
E—MAIL：books5w@gmail.com或books5w@yahoo.com.tw
網路書店：http://bookstv.com.tw/ http://store.pchome.com.tw/yesbooks/
三民書局、博客來網路書店 http://www.books.com.tw
總 經 銷：聯合發行股份有限公司
電　　話：(02) 2917-8022 傳 真：(02) 2915-7212
劃撥戶名：蘭臺出版社 帳號：18995335
香港代理：香港聯合零售有限公司
地　　址：香港新界大蒲汀麗路36號中華商務印刷大樓
C&C Building, 36,Ting, Lai, Road, Tai,Po, New,Territories
電　　話：(852)2150-2100 傳真：(852)2356-0735
經　　銷：廈門外圖集團有限公司
地　　址：廈門市湖里區悅華路8號4樓
電　　話：86-592-2230177 傳 真：86-592-5365089
出版日期：2018年 10 月 初版
定　　價：新臺幣 280 元整（平裝）
ISBN：978-986-96710-0-2